LES RÊVES DE NOS MÈRES

10, place des Cinq-Martyrs-du-Lycée-Buffon
75015 Paris – France
www.editionscharleston.fr

ISBN : 978-2-36812-519-9

Maquette : Patrick Leleux PAO

Pour suivre notre actualité, rejoignez-nous sur Facebook (Éditions.Charleston), sur Twitter (@LillyCharleston) et sur Instagram (@LillyCharleston) !

Charleston s'engage pour une fabrication éco-responsable ! Amoureux des livres, nous sommes soucieux de l'impact de notre passion et choisissons nos imprimeurs avec la plus grande attention pour que nos ouvrages soient imprimés sur du papier issu de forêts gérées durablement.

Carine Pitocchi

LES RÊVES DE NOS MÈRES

Longfield Park

1912-1914

Roman

CHARLESTON

À nos mères, grands-mères, arrière-grands-mères
qui ont rêvé suffisamment fort pour faire éclore le monde
dans lequel nous vivons.
À la mémoire de toutes celles qui ont œuvré dans la lumière
ou l'anonymat pour que les petites filles que nous sommes
aient aujourd'hui les mêmes droits que les hommes ;
charge à nous de ne jamais oublier d'où nous venons
et de continuer ce combat qui n'aura jamais de fin…

C'est la bande originale du film *Atonement* (2007), composée par Dario Marianelli, qui m'a accompagnée durant toute l'écriture de ce roman.

Chapitre premier

Longfield Park, juin 1912.

Les cris étouffés résonnant dans l'obscurité. Le murmure insidieux des flammes courant le long des murs. La fumée, la panique, la terreur.

Julia se réveilla en sursaut. Malgré la fraîcheur de la chambre, elle était en sueur. Elle chercha à tâtons l'interrupteur ; la lumière la rassurait. Charles avait fait installer l'électricité au domaine quelques mois plus tôt, mais elle s'était rendu compte, quand celles-ci avaient disparu, qu'elle regrettait leurs bonnes vieilles lampes à huile. Au moins avec elles, on ne dormait jamais dans l'obscurité totale. Avec l'électricité, la petite flamme sécurisante s'était envolée.

Julia s'assit et étendit machinalement le bras pour toucher la place vide à côté de la sienne. Évidemment, Charles n'était pas là, couché près d'elle. Son lit était désormais froid, vide, tout comme elle.

La nausée la reprit, comme chaque fois que ce cauchemar revenait hanter son sommeil. Elle devait se recoucher ; cela passait plus vite quand elle était allongée. Le médecin avait diagnostiqué une névrose hystérique due à la mort de Lord Charles. Il n'y avait rien à faire, si ce n'était attendre que le temps fasse son œuvre et finisse par atténuer la souffrance. Recroquevillée en position fœtale, elle contemplait, le regard vide, le mur d'en face.

L'horloge affichait neuf heures du matin. Alma n'allait pas tarder à lui monter son petit déjeuner. Cette dernière avait remplacé sa dévouée Maria. Le personnel avait été d'un grand soutien pour Julia lors de son retour à Longfield, œuvrant avec discrétion et compassion pour qu'elle se sente mieux. Eux aussi avaient perdu des êtres chers cette nuit-là ; sans doute en souffraient-ils également. Mais comme toujours avec les domestiques, rien ne se voyait, tout se faisait dans une dignité silencieuse, presque religieuse.

Julia entendit la porte s'ouvrir, laissant pénétrer les effluves réconfortants de l'eau de Cologne d'Alma.

— Bonjour, Lady Ashford, dit-elle en posant le plateau pour aller ouvrir les rideaux.

— Bonjour, Alma.

Julia préféra rester couchée sur le flanc. La lumière du soleil pénétra dans la pièce.

Alma se retourna pour juger de l'état de sa maîtresse. Elle pinça les lèvres : la santé de Lady Julia semblait empirer au lieu de s'améliorer. Elle en parlerait à Mrs Hallister, l'intendante, dès qu'elle redescendrait à l'entresol. Alma hésita un moment puis s'approcha de l'imposant lit à baldaquin.

— Madame souhaite-t-elle que je l'aide à s'asseoir ?

Voir Lady Julia dans un tel état la rendait malade.

— Merci Alma, j'ai besoin d'un petit instant. Je crois que j'ai encore la nausée.

— Vous voulez que je demande à Mrs Hallister de faire venir le médecin ?

Alma posait la question par principe. Elle savait pertinemment que Lady Ashford refuserait.

— C'est inutile, regardez, je vais déjà mieux, annonça Julia en se redressant péniblement.

Alma se précipita pour ajuster les coussins dans son dos. Dès qu'elle eut fini, elle posa le plateau du petit déjeuner sur le lit sous le regard écœuré de sa maîtresse.

— Vous pouvez le rapporter, Alma, je n'ai pas très faim ce matin.

D'ordinaire, Alma obéissait sans discuter, mais elle était réellement inquiète pour Lady Julia. Celle-ci avait le teint plus pâle que les draps. Elle refusait de manger depuis la catastrophe et Alma s'était aperçue en l'habillant que désormais, elle flottait dans ses robes pourtant très ajustées.

— Mrs Alder a confectionné des croissants comme les font les Français, dit timidement Alma.

Julia avait bien remarqué cette magnifique viennoiserie qui trônait fièrement à droite du plateau. En temps normal, elle se serait jetée dessus et en aurait probablement demandé un second.

— Vous savez, madame, ça fait même plusieurs jours que Mrs Alder s'entraîne à les réaliser pour vous faire plaisir.

La culpabilité ne la quittait plus. Elle s'en voulait de tout et pour tout. Pour ce qu'elle faisait comme pour ce qu'elle ne faisait pas. Charles aurait détesté la voir agir ainsi, c'était indigne d'elle, de son nom, de son rang. Et cette nausée qui refusait de la laisser en paix, qui lui rappelait sans cesse son dégoût d'elle-même – parce que injustement, elle était toujours là. Parce qu'elle était coupable, oui, coupable d'avoir survécu hier, et coupable de refuser de vivre aujourd'hui. De la même façon, et même si c'était insignifiant au regard de tout le reste, elle se sentait coupable de ne pas rendre hommage à ce croissant qui avait dû donner bien du fil à retordre à cette pauvre Mrs Alder.

— Faisons un marché, Alma. J'en mange une bouchée et vous le terminez. Ainsi j'aurai avalé quelque chose ce matin et Mrs Alder n'aura pas fait tout ce travail pour rien.

Sa femme de chambre la dévisagea un instant et finit par acquiescer. Julia déchira en deux le croissant et en tendit une moitié à Alma. La domestique ne la porta pourtant pas tout de suite à ses lèvres, ce qui n'échappa pas à Lady Ashford.

— Vous attendez que je mange d'abord ?

— Oui, madame.

— Vous êtes une fille intelligente, Alma, déclara Julia en introduisant avec un haut-le-cœur un premier morceau dans sa bouche.

Alma sourit, touchée par le compliment de sa maîtresse.

— Allons, c'est votre tour maintenant, Alma.

— Oui, madame.

La jeune femme mordit à son tour dans le croissant avec ravissement. Elle n'en avait jamais mangé auparavant et il lui sembla qu'elle s'en souviendrait pour le restant de ses jours. En voyant son air gourmand, Lady Julia éclata de rire, finissant sans même s'en rendre compte le morceau qui lui restait. Alma pouffa, la bouche pleine, rassurée de voir que Lady Julia savait encore rire.

Alma était entrée au service des Ashford à l'âge de quinze ans. Pour elle et sa famille, il s'agissait d'une bénédiction. Sa mère s'était retrouvée seule avec cinq enfants à nourrir quand son père était mort d'une mauvaise congestion pulmonaire. Charles Ashford en avait eu vent et avait offert de les aider en prenant Alma à son service. Avec son salaire de femme de chambre, qu'elle reversait intégralement à sa mère, sa famille subsistait tant bien que mal.

Elle se souvenait encore parfaitement de son premier jour à Longfield Park quand elle était entrée par la porte de service. Tout lui avait paru démesurément beau et luxueux. Même les parties réservées aux domestiques étaient extraordinaires en comparaison de ce qu'elle avait connu. Les plafonds d'une hauteur spectaculaire s'étendaient au-dessus de cheminées si grandes qu'elles auraient pu loger un bœuf entier. Les cuisinières rutilantes brillaient comme un soleil d'août. Pour son jeune esprit, pénétrer dans la demeure des Ashford était un peu comme entrer dans Buckingham Palace.

En découvrant sa chambre, elle avait bien failli se laisser aller à pleurer devant Mrs Hallister. Une chambre pour elle seule avec un matelas neuf, une épaisse couverture et des draps frais. Chez elle, tout le monde dormait dans l'unique pièce de la maison. Elle aimait ses frères et sœurs, mais, parfois, la promiscuité lui pesait, et elle s'était souvent prise à rêver de passer une nuit sans recevoir le pied ou le coude d'un des petits en plein visage. Ici, elle aurait son espace à elle, ne partagerait son lit avec personne et aurait le ventre plein chaque jour que Dieu ferait.

La famille Ashford avait la réputation de traiter particulièrement bien son personnel. Les gens venaient de tout le pays pour tenter de se faire embaucher au domaine. Alma le savait, elle avait eu beaucoup de chance.

Cinq ans plus tard, maintenant qu'elle était une femme, elle voulait rendre aux membres de cette famille un peu de ce qu'ils lui avaient donné. Lady Julia n'était pas une Ashford ; elle avait épousé le maître quatre ans plus tôt, mais lui n'étant plus là, il fallait que quelqu'un veille sur sa veuve. Alma se considérait toute désignée pour cette mission.

Heureuse d'avoir vu Lady Julia manger et sourire, elle débarrassa le plateau et redescendit jusqu'aux cuisines où Mrs Alder l'attendait impatiemment.

— Alors, Alma ? cria-t-elle presque en se précipitant pour voir si le croissant avait disparu du plateau.

— Elle l'a englouti.

Après tout, ce n'était pas tout à fait un mensonge : Lady Julia en avait tout de même avalé quelques bouchées.

— Dieu soit loué ! s'exclama la cuisinière.

Elle en avait les larmes aux yeux de satisfaction. Des jours qu'elle s'entraînait à confectionner ces saletés de croissants, ce n'était pas simple – comme tout ce qui était français d'ailleurs. Mais elle avait mis un point d'honneur à réussir cette entreprise compliquée. Lady Julia en raffolait et, si c'était le moyen pour qu'elle reprenne goût à la nourriture, alors peu importaient l'investissement et le temps.

En bas, à l'office, tout le monde appréciait Lady Julia. À son retour de voyage de noces, à peine installée, elle avait insisté pour tous les rencontrer, et ce de la plus étrange façon. Elle était descendue à l'heure où ils prenaient leur thé, s'était assise à la table commune et avait commencé à discuter avec eux comme s'il s'agissait là de la chose la plus naturelle du monde.

Oui, Mrs Alder savait que cette femme, qui était venue partager un moment avec eux, n'était pas comme les autres et qu'il fallait tout tenter (y compris apprendre à cuisiner comme ces entêtés de Français) pour qu'elle reprenne goût à la vie.

Chapitre II

Julia contemplait son reflet dans le miroir. Alma l'avait habillée, mais elles avaient décidé ensemble que, pour quelque temps, le corset resterait rangé dans l'armoire. C'était inconvenant, Julia le savait, mais le port de cet instrument de torture ajoutait encore à ses nausées. Ce qu'elle voyait dans le miroir lui était étranger ; son regard d'ordinaire si pétillant s'était éteint. Ses grands yeux dorés avaient pris une teinte brun terne, sa peau claire tournait au gris, ses pommettes devenaient exagérément saillantes. Incontestablement, elle avait perdu du poids.

Il fallait qu'elle s'oblige à descendre au salon, Charles n'y serait pas, bien sûr. Charles n'y serait plus jamais. Cette idée lui fit monter les larmes aux yeux. Elle les refoula : pleurer finissait par l'épuiser. Toujours nauséeuse, elle sortit de sa chambre pour emprunter le grand escalier qui menait au rez-de-chaussée.

Pendant ce temps, à l'office, l'intendante de Longfield téléphonait au docteur Patrick sur les conseils d'Alma.

— Bonjour, docteur, Mrs Hallister à l'appareil. Je vous appelle au sujet de Lady Ashford. Nous sommes très inquiets concernant son état de santé et elle refuse de vous voir.

Autant aller à l'essentiel et gagner du temps.

— Qu'avez-vous en tête, madame Hallister ?

— Ne pourriez-vous pas faire simplement une visite de courtoisie au domaine, docteur ?

— Vous me demandez de feindre une simple visite afin que j'ausculte Lady Ashford ?

— Oui, docteur, c'est tout à fait ce que je vous demande.

L'intendante de Longfield avait dit ces derniers mots avec une conviction telle que le docteur Patrick ne put s'empêcher de s'inquiéter pour Lady Ashford.

— Très bien, madame Hallister. J'ai une visite dans la matinée et je viendrai dès que j'en aurai terminé.

— Merci, docteur, souffla-t-elle, soulagée. Il va de soi que Lady Ashford ne devra pas savoir que je vous ai appelé.

— Évidemment, conclut le médecin.

Lady Catherine était déjà au salon. Malgré la mort récente de son frère, elle n'avait en rien changé ses habitudes. Chroniquement imbue d'elle-même, cette femme brune au tempérament capricieux affichait une éternelle mine faussement enjouée qui cachait en réalité un caractère belliqueux, entêté et égoïste. La sœur de feu Lord Ashford ne s'intéressait aux autres que pour ce qu'ils pouvaient lui apporter. Elle avait déjà épuisé deux maris : le premier, mort d'un long et douloureux cancer, et le second, suicidé. À quarante-deux ans, elle était donc de nouveau veuve. Au moins ses défunts maris avaient-ils trouvé la paix. Julia ne pouvait pas en dire autant.

— Bonjour, Catherine, la salua Julia.

— Oh ! Très chère, vous êtes enfin là ! Mais quelle mine affreuse vous avez !

En réalité, Julia Ashford savait pertinemment que sa belle-sœur se réjouissait qu'elle ne soit pas à son avantage. Catherine était d'une jalousie maladive, lui reprochant son mariage, sa jeunesse, sa beauté, son intelligence et même la manière dont elle était devenue veuve à son tour.

— Je vais bien, Catherine, répondit Julia en se dégageant de l'étreinte hypocrite de sa belle-sœur.

— C'est sûrement cette couleur, le vert ne vous sied guère.

Sur ce, elle fit glisser un regard scrutateur sur Julia.

— Oh ! Seigneur ! Vous ne portez pas votre corset !

— En effet, Catherine.

Julia aurait préféré remonter dans sa chambre. Elle était bien trop épuisée pour supporter ces remarques acerbes.

— Vous ne pouvez pas vous laisser aller de la sorte dans la demeure des Ashford ! Allons, remontez et habillez-vous !

— Que se passe-t-il ici ? demanda une voix dans le dos de Lady Ashford.

Edward, le jeune frère de Charles, entrait à son tour dans le grand salon.

— Edward ! Je disais seulement à Julia qu'elle devrait remonter pour s'habiller de manière plus décente.

— Il me semble que sa tenue est tout à fait appropriée, répondit Edward en lançant un clin d'œil complice à la principale concernée.

— Vous plaisantez, j'espère !

— Pas le moins du monde, ma sœur. Vous n'avez rien de mieux à faire que d'ennuyer Julia avec vos remarques déplacées ?

Edward Ashford n'avait que dix-sept ans, mais il se dégageait déjà de lui une forte assurance. En l'espace de quelques mois, il avait dû endosser le rôle de maître du domaine. Son frère et son père ayant disparu, il lui revenait la lourde tâche de prendre en main l'avenir des affaires de la famille.

Julia regarda son jeune beau-frère et ne put s'empêcher de retrouver en lui des traits de Charles. Tous deux arboraient le visage anguleux et le regard vert des Ashford. Ce regard qui l'avait fortement impressionnée la première fois qu'elle avait rencontré son futur mari. Elle n'avait alors que seize ans et lui vingt-quatre.

Il avait participé à une chasse à courre sur le domaine de ses parents où elle s'était illustrée magistralement en faisant fuir toutes les proies potentielles. Enfant déjà, elle avait toujours eu en horreur ces parties de chasse cruelles et inutiles. Cette attitude lui avait valu un terrible sermon de la part de son père, et ce, devant tous les invités. Du haut de ses seize ans, elle avait tenu bon, arguant que si elle le devait, elle recommencerait. Son entêtement avait amusé Charles qui était venu lui dire qu'il admirait les gens qui affirmaient haut et fort leurs convictions. Il lui avait aussi promis que quand elle serait assez âgée pour cela, il lui ferait la cour. Promesse qu'il avait tenue quelques mois plus tard. Charles était alors le parti le plus convoité d'Angleterre.

Depuis la catastrophe, Julia se repassait constamment ces moments de bonheur passés auprès de lui avec la conviction que jamais plus elle ne pourrait aimer.

— Comment vous sentez-vous ce matin ? demanda Edward.

Julia sortit de sa rêverie et sourit tristement à son beau-frère.

— Je vais bien, mentit-elle en posant une main sur le bras du jeune homme.

— Vous êtes très pâle.

— Vous vous faites du mauvais sang pour rien, je vous assure, je vais mieux.

— Mieux au point de ne pas pouvoir porter votre corset, lui murmura-t-il.

Julia rougit jusqu'aux oreilles en l'entendant évoquer ses sous-vêtements.

— Pardon, chère Julia, je ne voulais pas être impoli.

— Je sais, souffla-t-elle en s'approchant du fauteuil pour s'asseoir.

La station debout lui occasionnait des vertiges.

— Je pense que nous devrions faire revenir le médecin, Julia, dit Edward en la dévisageant.

— Le médecin ne pourra rien pour moi. Je souffre simplement de l'absence de votre frère et à ma connaissance, aucun docteur au monde ne pourra rien y faire.

— Peut-être y a-t-il autre chose ? insista Edward. S'il vous plaît, Julia, faites-le pour moi, le médecin vous examinera de nouveau. Au pire, il ne trouvera rien de plus mais au moins, je serai rassuré sur votre état de santé.

Il avait l'air si vieux quand il s'adressait à elle ainsi… Elle était sur le point de céder quand Orson Porter, le majordome, entra pour leur annoncer que le docteur Patrick était dans le hall d'entrée et qu'il demandait à être reçu.

— On dirait que vous avez devancé mon accord, Edward, le gronda Julia.

— Je vous assure que je n'y suis pour rien !

— Un signe du destin, se moqua Catherine en s'affalant sur le fauteuil. Quelle honte ! Et dire que vous allez le recevoir à moitié nue.

Edward était sur le point de demander à sa sœur de tenir sa langue quand le médecin entra dans le salon.

— Docteur ! s'exclama Edward en l'accueillant. Que nous vaut l'honneur de votre visite ?

— J'étais chez un patient tout près de chez vous et je me suis dit que j'allais passer pour prendre des nouvelles de Lady Ashford.

— C'est très aimable de votre part, docteur, répondit Julia en se levant pour aller au-devant de celui-ci.

Malheureusement, elle tituba et dut se rasseoir aussitôt. Elle était livide. Edward et le docteur Patrick se précipitèrent pour s'assurer qu'elle n'allait pas tourner de l'œil.

— Ce n'est rien, messieurs, un simple étourdissement.

— Julia, puisque le docteur est là, laissez-le vous examiner, supplia Edward.

Devant sa mine anxieuse, elle obtempéra et laissa le docteur Patrick l'accompagner jusque dans sa chambre.

Trente minutes plus tard, elle avait une explication à ses maux. Le docteur était formel ! Elle était enceinte de trois mois.

L'enfant de Charles grandissait dans son ventre. Après plus de quatre ans de mariage, elle se pensait pourtant incapable de donner une descendance aux Ashford. Le spécialiste de Londres qu'ils avaient consulté avait mis cela sur le compte de ses cycles irréguliers. Et voilà qu'aujourd'hui, alors qu'il n'était plus là, la vie avait décidé qu'elle porterait l'enfant de son défunt amour. Charles Ashford, avant de disparaître, lui avait laissé cet ultime cadeau. Un bout de lui.

Choquée, elle n'osa pas descendre pour l'annoncer à Edward et à Catherine et préféra confier cette mission au médecin de la famille. Elle demanda à rester seule un moment, prit l'oreiller de Charles et constata avec amertume que son odeur autrefois imprégnée dans le tissu avait désormais totalement disparu. Alors elle le serra contre elle avec toute la force dont elle était capable en sanglotant autant de tristesse que de bonheur.

Chapitre III

LA RUMEUR S'ÉTAIT RÉPANDUE telle une traînée de poudre dans l'office. L'information s'était chuchotée des valets de pied aux femmes de chambre pour venir s'éteindre dans la cuisine de Louisa Alder.

— Vous pensez que c'est vrai, madame ? questionna Andy, le jeune commis de cuisine.

Le garçon de quatorze ans, en pleine floraison hormonale, avait les joues recouvertes d'une quantité impressionnante de boutons.

— Je l'espère, mon petit, répondit Mrs Alder en serrant son torchon contre elle.

— Peut-être qu'elle sera moins triste si elle attend un bébé.

— Tu as raison, Andy. Connaissant Lady Julia, elle se battra pour cet enfant ! Je vais préparer une fournée de croissants pour demain.

— Et vous croyez qu'elle va l'appeler Charles ?

— Je n'en sais rien, encore faudrait-il que ce soit un garçon.

— Et si c'est une fille, elle l'appellera peut-être Charlotte, alors ?

— Bon, bon, ça suffit maintenant, remets-toi au travail, Andy, et arrête de poser tant de questions ! Tu finis par me donner mal à la tête !

Mrs Alder avait de l'affection pour son commis même si elle le trouvait trop bavard et quelquefois assez empoté. Il avait remplacé Edna, son aide précédente qui s'était mariée et vivait désormais à Londres. La jeune femme lui écrivait souvent, mais au fil des courriers, Mrs Alder s'était aperçue que ses lettres transpiraient de plus en plus la peur et le regret. Elle soupçonnait son mari d'être violent. Elle recevait donc chaque lettre anxieusement, répondait systématiquement mais se sentait bien impuissante à changer le cours du destin d'Edna.

Julia fixait les motifs de pivoines sur le mur de sa chambre qu'ils avaient choisis ensemble. Charles avait absolument voulu qu'elle redécore la propriété à son goût. Il disait « qu'il fallait que sa femme se sente chez elle ». Ils venaient tout juste de terminer les nouveaux aménagements du grand salon quand il avait subitement disparu. Elle regrettait tous ces changements. Cette demeure était tout ce qui lui restait de son mari et elle aurait préféré la garder telle qu'il l'avait connue étant enfant.

Elle se leva pour aller à la fenêtre d'où elle pouvait contempler le somptueux jardin. Il lui restait cette maison, pensa-t-elle. Elle sourit. Oui, il lui restait le domaine des Ashford et ce bébé qui grandissait en elle.

Julia sonna l'office et, moins de trois minutes plus tard, sa femme de chambre se présenta à la porte.

— Vous m'avez fait demander, madame ?

— Oui, entrez, Alma, et fermez derrière vous, s'il vous plaît.

Elle obéit pour venir se planter devant Lady Ashford. Son attitude trahissait une grande excitation et Julia comprit qu'elle était déjà au courant.

— Eh bien, Alma, vous m'avez l'air d'être d'humeur joyeuse.

— Oui, madame ! Je ne peux pas le cacher, je suis désolée, pouffa-t-elle en mettant une main devant sa bouche.

— Et puis-je savoir pourquoi ?

— Je crois que madame le sait.

— Ainsi que tout l'office, plaisanta Lady Ashford.

Alma hocha la tête.

— Mon Dieu, que les nouvelles vont vite à Longfield, déclara Julia en riant.

— Je veux vous dire, madame… Je suis si contente pour vous ! Enfin… je veux dire pour vous, pour Longfield, pour feu Lord Ashford…

Alma émit un petit hoquet de surprise en prononçant ces derniers mots.

— Oh ! Pardon, madame, je ne voulais pas…

— Ce n'est rien, vous avez raison, Charles aurait été le plus heureux des hommes, dit Julia en prenant les mains de sa femme de chambre pour les serrer dans les siennes. Merci pour tout ce que vous avez fait depuis son décès.

— Je vous en prie, madame.

— Je crois que je vais désormais devoir me nourrir en conséquence, grimaça Julia que la perspective de s'obliger à manger n'enchantait guère. Reste-t-il un de ces délicieux croissants dont Mrs Alder a le secret ?

— Je vais aller voir.

— Non, non, je vais descendre avec vous, réfléchit tout haut Lady Ashford. J'ai besoin de me dégourdir les jambes et je souhaite remercier Mrs Alder en personne.

Quelques minutes plus tard, Julia traversait les couloirs de l'office, Alma sur ses talons. Elle savait qu'elle allait bousculer une fois de plus les convenances, comme elle l'avait déjà fait peu de temps après son arrivée au domaine en allant prendre le thé avec les domestiques. Catherine serait ulcérée, Edward la gronderait gentiment en lui expliquant que cette attitude gênait le personnel et Porter, l'austère majordome de Longfield, lui jetterait son regard sévère de pasteur courroucé.

Ce fut justement lui qu'elles croisèrent en arrivant en bas de l'escalier qui menait à l'office. Droit comme un *i*, il accueillit Julia avec une petite révérence tendue qui en disait déjà long sur son état d'esprit. Il lança un regard désapprobateur à la pauvre Alma qui se tenait derrière sa maîtresse, comme s'il la tenait pour responsable de cette inconvenante intrusion.

— Lady Ashford, grinça-t-il. Que nous vaut l'honneur de votre visite ?

— Bonjour, Porter, je souhaitais simplement descendre féliciter Mrs Alder pour ses succulents croissants, répondit Julia en continuant à marcher.

Porter dut se décaler sur le côté pour la laisser passer.

La relation entre le majordome de Longfield et Julia avait été compliquée dès les premiers instants. Il la trouvait bien trop familière avec les domestiques. Cet homme austère, à qui elle n'aurait pu donner un âge, était l'exact opposé du majordome qu'elle avait connu dans sa demeure familiale. Elle regrettait ce vieux Phileas Jones, qui semblait rapetisser en même temps qu'il prenait de l'âge. Il avait été un compagnon de jeu formidable quand elle était enfant. Toujours de bonne composition, il avait joué tour à tour les rôles de poney, d'ogre ou encore de pirate pour satisfaire l'imaginaire de la jeune Julia Cornwell. Phileas, parce qu'elle l'avait toujours appelé par son prénom, lui manquait beaucoup, et ce d'autant plus quand elle voyait la mine sinistre d'Orson Porter.

Julia, habituée aux levers de sourcils désapprobateurs du majordome de Longfield, continua son chemin jusqu'aux cuisines de Mrs Alder. La dernière fois qu'elle était descendue à l'office, c'était pour allumer une bougie avec les serviteurs en mémoire de Maria, sa femme de chambre décédée.

Quand elle arriva à destination, elle découvrit la cuisinière tout à son ouvrage, sermonnant fraîchement le jeune Andy sur son incapacité à rester concentré plus d'une minute sur ses tâches. Malgré son ton sérieux, il était évident qu'elle affectionnait son jeune commis. Mrs Alder était aussi sèche d'aspect qu'elle était généreuse de cœur.

À Fallsbury, dans le domaine où Julia avait grandi, on était moins à cheval sur les règles. Son père avait toujours été un homme simple en dépit de sa condition sociale et leur demeure faisait bien la moitié de celle des Ashford, si bien qu'il était plus courant de croiser les domestiques dans les couloirs de la propriété.

Charles avait vite compris que sa jeune épouse n'avait pas grandi dans les mêmes conditions que lui ; il avait donc accepté et même encouragé les balades de celle-ci dans les quartiers des employés. Cela semblait la rendre heureuse et Charles approuvait de bon cœur tout ce qui pouvait faire plaisir à sa femme, quitte à choquer le reste de sa famille.

Julia, en entrant dans la cuisine, eut d'abord une pensée pour Maria. Elle regarda l'endroit où elle avait allumé la bougie quelques semaines plus tôt et sa gorge se serra. Cette nuit-là, elle avait perdu non seulement son mari mais aussi sa seule amie à Longfield. Maria, qui avait sensiblement le même âge qu'elle, avait été sa confidente durant ces quatre premières années de vie aux côtés de Charles.

Heureusement, Andy fit tomber quelque chose sur le sol, arrachant Julia à ses pensées morbides.

— Oh ! Pardon, Lady Ashford, dit-il en s'empourprant.

— Ce n'est pas grave, Andy, je ne voulais pas vous faire peur.

— Quel empoté tu fais, décidément ! Dépêche-toi de ramasser ça, le gronda Mrs Alder.

— Ne vous fâchez pas, madame Alder. Je crois qu'il a été surpris de me voir ici, voilà tout.

— Oui, madame, sans doute.

La cuisinière ne quittait pas du regard le ventre de Julia. Celle-ci ne put s'empêcher d'y poser les mains.

— Je voulais vous remercier, madame Alder, votre croissant était parfait.

— C'est que je me suis donné du mal, Lady Ashford, répliqua Mrs Alder en gonflant la poitrine.

— Je le sais, et c'est pour cela que j'ai tenu à descendre.

— C'est très gentil à vous, madame. J'en prépare d'autres pour demain, puisque Alma m'a dit que vous aviez apprécié.

— C'est une merveilleuse idée. Je vais avoir besoin de prendre des forces dans les mois qui viennent.

— Oui, gloussa la cuisinière. Et manger pour deux.

Si elle ne s'était pas retenue, Mrs Alder aurait bien sautillé de joie devant cette chère Lady Ashford. Une si gentille personne, enceinte et veuve si jeune, quelle injustice.

— Vous avez raison, et évidemment, je compte sur vous pour m'aider à faire en sorte que cet enfant devienne aussi vigoureux que l'a été son père.

Julia prononça ces paroles en souriant mais dans son regard se lisait toujours une profonde tristesse.

Chapitre IV

Ce matin-là, Edna sortit péniblement de son lit. La veille, Jimmy était encore rentré complètement saoul et il avait déchargé sa haine sur elle. Désormais, ses violences étaient quotidiennes : pas une journée sans une claque, un coup de poing ou un rapport forcé. Pourtant, leurs trois premiers mois de mariage avaient été idylliques. Edna se souvenait même s'être félicitée d'avoir épousé un homme aussi prévenant que lui.

Elle avait rapidement trouvé du travail dans le quartier des blanchisseuses et, avec le salaire de docker de Jimmy, ils avaient pu s'installer dans un confortable petit appartement. L'avenir leur avait souri un temps. Et puis un jour, Jimmy s'était débrouillé pour venir la chercher à la sortie de son travail. Quand il l'avait vue discuter avec le chef d'atelier de la blanchisserie, il avait vu rouge. Edna avait juré, protesté, supplié Jimmy de croire qu'il n'y avait strictement rien de mal dans cette conversation mais il n'avait rien voulu entendre. Surexcité, fou, il lui avait donné sa première correction. Edna s'était mise à saigner du nez et c'était ce qui l'avait arrêté.

Le sang était d'ailleurs la seule chose qui pouvait le stopper quand il était en crise. Cette première fois,

Jimmy s'était mis à pleurer comme un môme en s'excusant. Il avait juré qu'il ne le referait jamais mais, la semaine suivante, il avait recommencé pour un motif tout aussi futile.

Une année durant laquelle elle s'était sentie progressivement glisser dans les entrailles de l'enfer. Son mari avait exigé qu'elle arrête de travailler. Comme elle était incapable de ne pas se laisser trousser par le premier venu, il avait décidé qu'elle resterait chez eux. Évidemment, ils avaient commencé à rencontrer des difficultés financières, puis les choses s'étaient enchaînées : le cercle vicieux s'était amorcé. Jimmy, de plus en plus jaloux et obsessionnel, s'était réfugié dans la boisson. Une grande partie de son salaire y passait chaque semaine. Comme il reprochait à Edna ce qui leur arrivait, il la battait encore plus. À la souffrance et la peur s'était greffée la misère.

Elle pleurait souvent en repensant à Longfield, à cette chère Mrs Alder. Le maître était mort et si elle avait un temps pensé à lui demander de l'aide, aujourd'hui, il était trop tard. Elle était seule avec Jimmy et sa folie.

Edna fit un effort surhumain pour se lever. Elle poussa un gémissement et porta la main à son flanc gauche. La douleur était si vive qu'elle manqua tourner de l'œil. Cette fois, Jimmy avait frappé trop fort, elle avait probablement des côtes cassées. S'il recommençait ce soir, elle le savait, elle n'y survivrait pas.

Aujourd'hui était « le jour du pain », le seul où elle avait le droit de sortir. Elle était autorisée à se rendre à la boulangerie à la condition de garder les yeux fixés au sol. En aucun cas elle ne devait croiser de regards ou discuter avec qui que ce soit. Jimmy lui avait laissé juste l'argent nécessaire pour une miche qui devrait leur durer la semaine. Leurs maigres repas ne se composaient plus désormais que de cela et d'une soupe transparente où trempaient quelques feuilles de chou.

Edna s'habilla tant bien que mal en s'attardant sur son pauvre reflet dans le morceau de miroir accroché au mur jauni. Une autre preuve de la fureur de Jimmy. Il l'avait brisé quelques semaines plus tôt et s'était servi d'un éclat pour la menacer de la « saigner comme une truie ».

— Sept ans de malheur, murmura-t-elle.

Edna savait pourtant qu'elle ne tiendrait pas sept ans. Elle serait morte bien avant.

Elle sortit dans la rue d'une démarche mal assurée. Ses côtes la faisaient souffrir. Jimmy avait encore abusé d'elle la veille, avec une violence qui avait atteint son point culminant quand il l'avait projetée contre le mur avec une telle force qu'elle était restée sonnée plusieurs minutes.

Elle s'imagina se laisser couler dans la Tamise. Au moins, tout serait enfin terminé. Damnée pour damnée, autant en finir avec cette demi-vie. Et si Dieu, dans son immense mansuétude, lui offrait refuge, elle pourrait enfin trouver la paix.

En claudiquant, elle se faufila entre les gens, telle une petite souris effrayée. La vie dans les bas quartiers de Londres était bruyante, malodorante, grouillante. Personne ne remarquait personne dans ces rues bondées de l'East End. Elle se fondait dans la foule. De toute façon, dans quelques semaines tout au plus, elle disparaîtrait du paysage sans que personne ne s'en inquiète à l'exception de cette bonne Mrs Alder.

Pourtant, quelqu'un l'avait remarquée.

Non qu'il se fût inquiété du sort d'une de ces pauvres âmes en perdition, mais Will Murphy s'intéressait à cette fille. Jimmy, son déchet de mari, venait perdre la quasi-totalité de sa paye dans le pub des Murphy, et quand il était saoul (autant dire tout le temps), il parlait beaucoup. C'était de cette façon que Will avait appris qu'Edna avait travaillé au service de la famille Ashford. Ce qui voulait dire qu'elle avait approché Lady Julia.

Will était en train de discuter affaires avec un de ses hommes de main devant le pub quand son regard accrocha la mince silhouette d'Edna, ballottée au gré de la foule. Il prit congé de son interlocuteur et fendit la masse humaine pour la rejoindre.

— Excusez-moi, dit-il en lui effleurant le bras.

Edna grimaça. Elle avait à cet endroit précis un bleu de la taille d'une orange qui se rappelait à elle dès qu'elle y touchait. Elle s'arrêta un moment, dévisagea Will et tenta de reprendre son chemin. Il ne lui manquait plus que ça, un des frères Murphy qui s'intéressait à elle d'un peu trop près. Ces gars-là tenaient tout le quartier d'une main de fer ; elle ne savait pas trop dans quel genre de magouilles ils trempaient, mais ce dont elle était certaine, c'était qu'il valait mieux éviter cette famille d'Irlandais.

— Attendez, Edna ? C'est ça ? reprit Will en lui emboîtant le pas.

Son ton était si doux qu'elle se surprit à avoir envie de lui parler. Mais elle aurait mis sa vie encore plus en danger qu'elle ne l'était déjà. Si on la voyait avec Will Murphy et si Jimmy l'apprenait, ce soir même, on célébrerait la fin de sa triste et courte existence.

— S'il vous plaît, laissez-moi tranquille, marmotta-t-elle en accélérant le pas autant que la douleur le lui permettait.

Peu lui importait de savoir comment Will Murphy avait appris son nom ; pour sa survie, elle devait fuir cet homme.

— Écoutez, je ne vous veux aucun mal, je veux juste discuter avec vous quelques minutes.

— Je n'ai pas le droit. Il me tuera, lâcha-t-elle sans même se rendre compte de ce qu'elle venait de dire.

Will s'arrêta de marcher un moment, sonné. Puis il la rattrapa de nouveau.

— Venez me voir au pub après votre course, entrez par la porte de derrière, personne ne vous verra. Venez, s'il vous plaît.

— Je suis désolée…

Et elle l'était.

— … mais je ne peux pas.

Alors Will prit une décision qui l'étonna lui-même.

— Si vous venez, je vous promets qu'il ne lèvera plus jamais la main sur vous !

Edna stoppa net sa course effrénée en direction de la boulangerie. Pour la première fois, elle regarda vraiment le jeune homme face à elle.

— Comment pourriez-vous faire ça ?
— Vous savez qui je suis, n'est-ce pas ?
— Oui, je le sais.
— Alors vous savez que je peux l'empêcher de vous toucher, dit Will en la fixant de son regard glacial.
— Oui, vous le pouvez sans doute, chuchota Edna.
— Vous viendrez ?
— Je viendrai, souffla-t-elle.

Et elle reprit son chemin avec la sensation que cette rencontre pourrait peut-être bien tout changer.

Fébrilement, Edna alla jusqu'à la boulangerie, acheta son pain et prit la direction du pub des Murphy. Elle jeta quelques coups d'œil angoissés autour d'elle avant de s'engouffrer dans la ruelle qui menait à l'entrée de service où un colosse montant la garde semblait l'attendre. En se présentant devant lui, Edna, le cœur battant, ne put s'empêcher de se demander dans quel nouveau bourbier elle était en train de se fourrer.

L'homme l'escorta jusque dans une arrière-salle qu'Edna identifia comme étant le salon des frères Murphy. L'endroit parfaitement rangé baignait dans une semi-obscurité que la fumée de cigarette rendait plus oppressante encore. Assis dans un fauteuil en cuir, Will Murphy était en train d'étudier un document. Lorsqu'elle entra, il s'arrêta pour poser un regard bienveillant sur elle. Tiraillée entre son intuition et sa raison, Edna resta bloquée sur le seuil de la porte jusqu'à ce que Will se lève pour venir lui prendre des mains le panier qu'elle portait.

— Entrez, n'ayez pas peur. Je ne vous veux aucun mal.

Il l'invita à s'asseoir dans le luxueux sofa installé au milieu de la pièce. Les petites combines de la famille Murphy devaient bien rapporter pour qu'ils puissent s'offrir des meubles aussi chers.

— Vous voulez du thé ? demanda Will en reprenant place dans son fauteuil en cuir.

Edna secoua la tête en signe de dénégation mais Will Murphy fit un signe du menton à la femme qui se trouvait dans la pièce avec eux. Sans un mot, celle-ci sortit pour revenir avec un plateau chargé de thé et de petits gâteaux secs recouverts d'un glaçage blanc. À la vue des pâtisseries, l'estomac d'Edna se contorsionna. Elle n'avait plus mangé quelque chose de sucré depuis si longtemps qu'elle n'était pas certaine de savoir encore quelle en était la saveur. Trop intimidée pour accepter quoi que ce soit, elle préféra ne pas y toucher.

— Merci, Merry, dit Will à la femme qui venait de déposer le plateau. Je vous présente ma sœur.

— Bonjour, murmura Edna sans oser la regarder.

La sœur de Will Murphy devait avoir une trentaine d'années. Edna la trouva très belle avec sa peau laiteuse et ses cheveux de feu ramenés dans un élégant chignon sur le haut de sa tête. Merry posa un regard tellement empli de compassion sur elle qu'Edna faillit se mettre à pleurer.

— Vous n'avez pas à vous méfier de nous, expliqua Merry en s'asseyant près de la jeune femme.

— C'est juste que je ne comprends pas ce que vous voulez de moi, protesta mollement Edna.

— Rien de très compliqué, dit Will en se renfonçant dans son fauteuil. Voilà, si mes informations sont exactes, vous avez été au service de Lord Ashford à Longfield ?

— En effet, répondit Edna, méfiante.

Son cœur se gonfla à l'évocation de son ancienne vie.

— Êtes-vous toujours en contact avec les gens du domaine ?

— Pardonnez-moi, monsieur, mais je ne comprends pas ce que vous attendez de moi, dit Edna, de plus en plus décontenancée par la tournure que prenait la conversation.

Will sourit. Malgré tout ce qu'elle endurait, cette fille avait encore suffisamment de résistance pour vouloir protéger son ancien employeur.

— J'ai entendu parler de la tragédie qui a frappé Lady Julia Ashford, et je voulais savoir comment elle se portait, expliqua-t-il tranquillement.

Edna se détendit un peu tout en le fixant avec curiosité. Qu'est-ce que ce voyou londonien pouvait bien avoir à faire du sort d'une riche aristocrate ?

— Je sais que ma demande doit vous paraître étrange, mais j'ai eu la chance de connaître Lady Ashford quand j'étais enfant. Elle et sa famille ont été d'une grande générosité envers moi, et je lui dois beaucoup.

Will n'avait pas l'intention d'en dire plus. Mais la récente tragédie qui avait frappé la famille Ashford avait réveillé en lui ce qu'il avait tenté pendant tant d'années d'enfouir, sans y parvenir un seul jour.

Il se souvenait du moment où il avait entendu le petit marchand de journaux annoncer à la cantonade que l'hôtel particulier des Ashford avait brûlé. Comme il avait paniqué en sachant que Julia s'y trouvait avec son mari. Comme il avait joué de ses relations pour savoir si elle avait péri dans l'incendie. Comme il avait pleuré quand il avait su qu'elle était en vie. Il avait assisté aux obsèques de Charles caché dans un recoin de l'église où personne ne pouvait se rendre compte de sa présence, simplement heureux de pouvoir encore poser son regard sur elle. Will se souvenait de son visage meurtri, de la tristesse infinie qui émanait d'elle au moment où elle était passée près de lui sans le voir. De la folle envie qu'il avait eue de la prendre dans ses bras à ce moment-là, pour la consoler, la protéger, l'aimer, lui dire combien elle lui manquait.

Non, il ne dirait rien de tel à Edna. Elle serait son relais. Grâce à elle, il aurait un peu de Julia dans sa vie. À distance, il veillerait sur elle comme le pauvre ange déchu qu'il était.

Chapitre V

EDNA ACCEPTA LA PROPOSITION de Will Murphy. Elle lui donnerait des nouvelles de Lady Ashford par le biais de sa correspondance avec Mrs Alder. En échange de quoi il garantirait sa sécurité. Il alla même plus loin dans sa démarche de protection en lui proposant de l'aider à trouver un travail qui paierait bien. Edna avait protesté : son mari n'accepterait jamais. Will avait ri en promettant qu'il se chargerait de « ce détail ». Tout à coup, Jimmy n'était plus qu'un « détail », et Edna se remit à espérer de toutes ses forces. Elle quitta le salon des Murphy à moitié rassurée. Will la raccompagna jusqu'à la porte.

— Vous pouvez rentrer chez vous sans crainte, dit-il en lui posant une main sur l'épaule.

— Comment pouvez-vous être sûr qu'il ne me fera pas de mal en rentrant ce soir ?

— Vous me faites confiance ? s'enquit Will en plongeant son regard dans celui d'Edna.

— Oui… enfin, je crois, hésita-t-elle.

— Rentrez chez vous, maintenant, et revenez demain déjeuner avec nous. Je ferai venir un médecin, j'ai peur que vous en ayez grand besoin.

Elle savait que derrière le ton avenant de Will Murphy ne se cachait pas une invitation mais un ordre. Pratiquement à mi-chemin de la ruelle, elle se retourna pour l'interpeller :

— Vous allez lui faire du mal ?

— Je ne ferai rien de plus que ce qui sera nécessaire, Edna.

Elle n'en demanda pas plus et continua sa route tout en se demandant si, le lendemain, elle ne serait pas veuve.

Will avait déjà glané quelques informations concernant Julia. Manifestement, elle ne se portait pas bien, ce qui le rendait fou d'inquiétude. Il aurait dû être jaloux, elle pleurait son mari ; mais en un sens, savoir qu'elle avait fait un mariage d'amour l'avait un peu réconforté. Il le savait, Julia et Charles s'étaient choisis, elle en était tombée amoureuse, elle le lui avait affirmé la dernière fois qu'ils s'étaient vus, quelques années plus tôt. Il l'avait crue. Julia ne lui aurait jamais menti.

Pour l'heure, il devait s'occuper du cas du mari d'Edna. Neutraliser ce déchet de l'humanité, lâche au point de n'avoir pas d'autre moyen d'exprimer sa prétendue supériorité qu'en tapant sur sa femme. Will avait en horreur les gars de ce genre, qui, immanquablement, lui rappelaient son enfance. Les coups que prenaient sa mère, sa sœur, et quelquefois qui pleuvaient sur lui. Grâce à Merry, Jack et Oliver, ses aînés, il avait évité bien des corrections. Pour le protéger, les plus grands préféraient payer à sa place. Jack avait gardé des traces des saillies de la ceinture paternelle partout sur le corps. Merry n'entendait plus que d'une oreille. Quant à leur mère, elle avait fini par mourir sous les coups de leur père quand Will avait quinze ans.

Il chassa ces souvenirs et appela Nesto.

La carrure de l'homme de confiance des Murphy était spectaculaire. Il s'était longtemps abîmé les poings et le visage sur les rings improvisés des quartiers chauds de Londres. Resté invaincu pendant plus de trois ans, il avait invariablement mis au tapis tous ses outsiders. Mais la récurrence des combats avait commencé à laisser des traces.

Par chance, Jack Murphy l'avait approché au bon moment, avant qu'il ne prenne le coup de trop, celui qui l'aurait laissé définitivement sur le carreau. Nesto avait ainsi pu lâcher son ancienne vie pour en commencer une nouvelle. Il leur devait beaucoup. Ces types-là n'étaient en rien des tendres mais ils avaient incontestablement le sens de l'honneur.

Il rejoignit Will qui était assis seul à une table du pub.

— Je vous écoute, patron.

— Nesto, tu vas aller me cueillir Jimmy-la-Cuite à la sortie de son travail, commença Will.

— Je vous le ramène ici ?

— Oui, je dois avoir une petite conversation avec lui. Après, tu le suivras jusque chez lui et tu resteras là-bas pour t'assurer qu'il aura bien compris mon message.

— Et s'il a mal compris ?

Will eut un sourire amusé.

— Eh bien, il se pourrait qu'il faille lui donner un bain de minuit, histoire de lui rafraîchir les idées.

La Tamise permettait de faire disparaître sans trop d'efforts les « paquets » gênants, et les frères Murphy n'hésitaient pas à recourir à cette solution en cas de besoin. Le mari de Merry était d'ailleurs le premier à en avoir fait les frais peu de temps après leur arrivée à Londres.

La nuit était tombée et le pub, déjà bondé, voyait affluer les dockers venant boire leur misérable salaire. Will était dans l'arrière-salle quand Nesto lui livra son « colis ». Jimmy-la-Cuite était encore suffisamment sobre pour être mort de trouille. Être escorté par l'homme de confiance des Murphy n'augurait jamais rien de bon, et Jimmy craignait que sa pauvre carcasse ne finisse par servir de repas aux poissons du fleuve.

Dans l'arrière-salle où était stockée la réserve d'alcool, il découvrit le plus jeune des frères Murphy assis derrière une petite table ronde en bois, un verre de whiskey dans une main et un cigare dans l'autre. Quand Nesto le poussa sans ménagement dans la pièce faiblement éclairée, Will ne tourna même pas la tête.

— Salut Jimmy, dit-il en s'absorbant dans les volutes de fumée de son cigare.

— 'Jour, m'sieur Murphy, répondit Jimmy en enlevant sa casquette.

Il la tordait avec anxiété entre ses gros doigts.

— Dis-moi, Jimmy, tu sais pourquoi tu es là ?

— Non, m'sieur.

Et en effet, Jimmy n'avait rien fait qui, d'ordinaire, aurait pu intéresser les Murphy. Il avait beau se creuser la cervelle, il ne comprenait pas comment il avait pu s'attirer les foudres de cette famille.

— Je voulais savoir en fait, Jimmy. Ça te plaît ?

— Quoi, m'sieur Murphy ?

— Cogner une femme ? Ça te plaît ?

— Euh ? Non, m'sieur.

— Je veux juste savoir ce que ça te fait quand tu la frappes, tu comprends ? continua Will en se levant.

Il écrasa consciencieusement son cigare dans le cendrier en cristal posé sur le guéridon en ébène. Puis il leva enfin les yeux, repoussa sa chaise et s'approcha lentement du type en face de lui qui était proche de faire dans son froc.

— Ah, c'est peut-être ça... La peur dans son regard, Jimmy, hein. C'est ça qui te donne envie de cogner...

— Je vois pas de quoi vous voulez parler, m'sieur Murphy, y a sûrement erreur sur la personne, paniqua Jimmy en reculant.

Il buta sur Nesto derrière lui.

— Désolé, Jimmy, mais non, il n'y a pas d'erreur.

Et Will décocha son premier coup de poing dans les côtes du mari d'Edna. Le premier d'une longue série.

Couché sur le sol, gémissant, Jimmy suppliait. Will lui asséna un dernier coup de pied avant de décider qu'il avait son compte.

— À genoux, exigea-t-il.

Jimmy obtempéra au prix d'un effort surhumain. Will prit alors le pistolet tendu par Nesto pour le lui coller sur la nuque.

— Écoute bien ce que je vais te dire maintenant, sale raclure. Tu la touches encore une seule fois et je m'occupe définitivement de toi. C'est compris ?

Et Will appuya plus fort avec le canon du pistolet.

— Oui, oui, c'est compris.

Jimmy sanglotait comme un môme.

— Tu vas rentrer chez toi, récupérer tes affaires et quitter Londres, et ne t'avise jamais d'y remettre les pieds si tu tiens un tant soit peu à la vie. Tu as compris ?

— Oui, m'sieur, j'ai compris, mais ne tirez pas, me tuez pas !

Will arma son pistolet. L'autre, en entendant le cliquetis, supplia de plus belle. Le plus jeune des Murphy appuya sur la gâchette et le coup partit à vide. Le pistolet n'était pas chargé. Jimmy s'était fait dessus.

Will avisa la flaque avec une moue écœurée.

— Nesto, fais-lui nettoyer ça. Et fous-le-moi dehors ! Ah, et j'allais oublier, fais-lui signer aussi ces documents.

Son numéro d'intimidation terminé, il quitta la pièce sans même jeter un dernier regard sur le type terrorisé affalé dans sa propre urine.

Un peu plus tard, Jimmy Fallen rentra chez lui pour ramasser quelques affaires qu'il fourra dans leur unique valise sous le regard anxieux d'Edna. Avant de partir, il se retourna une dernière fois vers elle pour lui servir un sourire mauvais.

— Si tu crois que Murphy va te sauver, tu te plantes. Tu vas finir sur le trottoir. Une traînée restera toujours une traînée !

Edna tressaillit. Elle avait bien sûr envisagé cette éventualité quand Will Murphy lui avait parlé de lui trouver un travail. Cette famille n'était pas réputée pour tremper dans les affaires de prostitution mais, après tout, qu'en savait-elle ? En regardant disparaître son bourreau, elle espérait qu'elle n'aurait pas à regretter sa décision.

Pleine d'incertitudes mais heureuse de ne pas prendre une correction le soir même, elle s'assit à la minuscule table de l'unique pièce où elle avait vécu l'horreur, se servit une grande assiette de soupe et décida de découper deux grosses tranches de pain qu'elle tartina généreusement de margarine ; puis, tranquillement, elle dîna en savourant cet instant de paix.

Après son premier véritable repas depuis des semaines, elle alla chercher la boîte en fer cachée sous le lit où elle rangeait les lettres échangées avec Mrs Alder. Edna les posa sur la table et noua un cordon autour. Le lendemain, elle les remettrait à Will Murphy en espérant qu'il n'en ferait pas mauvais usage. Elle alla tout de même bloquer la porte au cas où Jimmy déciderait de revenir en pleine nuit, puis elle se coucha seule. Les yeux fixés au plafond, elle se laissa enfin aller à pleurer de soulagement.

Pendant ce temps, en bas de l'appartement des Fallen, Nesto veillait sur son sommeil tandis que Will, assis sur le rebord d'une des fenêtres du pub, tenait contre son cœur un mouchoir bleu taché de sang brodé des initiales JC.

Chapitre VI

Julia avait tant bien que mal recommencé à s'alimenter. Grâce aux bons soins de Mrs Alder, la nourriture la dégoûtait moins. Elle avait aussi changé ses plans après l'annonce de sa grossesse en renonçant à entreprendre le trajet jusqu'au domaine de ses parents. Fallsbury était à plusieurs miles de Longfield et, même si l'automobile permettait de voyager dans de meilleures conditions, le docteur lui avait fortement déconseillé de prendre le moindre risque. Ses parents, Sophia et Septimus Cornwell, feraient le déplacement jusqu'à Longfield. Julia attendait aussi son frère aîné, James, ainsi que la cousine Emily.

À l'office, on s'activait pour que tout soit prêt pour les invités. Les lits étaient faits, le feu dans les chambres allumé et Mrs Alder avait planifié ses menus pour la semaine à venir. Les livreurs affluaient du village.

Le personnel de Longfield appréciait les visites de la famille de Lady Julia. Septimus Cornwell véhiculait en toutes circonstances une bonne humeur communicative. Son épouse, Sophia, était charmante. Quant à James Cornwell, les domestiques lui avaient décerné le titre honorifique du gentleman le plus agréable jamais reçu au domaine. Pour ce qui était de Lady Emily Allen, ils savaient tous qu'elle et Lady Catherine se vouaient une antipathie coriace et profonde.

La première, féministe convaincue proche du Parti libéral, s'opposait violemment à la seconde qui se voyait comme une garante des bonnes mœurs, si bien que les repas tournaient régulièrement au pugilat entre ces deux femmes de caractère. Les valets de pied, qui n'en perdaient pas une miette, s'amusaient à faire le récit de ces joutes verbales enflammées au reste du personnel qui ne pouvait pas y assister.

Lady Emily rejetait avec ardeur les derniers vestiges d'une époque qu'elle estimait révolue et revendiquait haut et fort son statut de femme libre. Elle montait à cheval comme un homme, ne portait pas de corset et quelquefois, quand l'envie lui prenait, s'habillait d'un pantalon. Sa fortune personnelle le lui permettait. Mais peu de femmes pouvaient se targuer d'une telle indépendance financière : Emily restait une exception dans cette société où l'on favorisait toujours les garçons.

Julia se réjouissait de leur venue. Son ventre s'arrondissait et elle attendait impatiemment de pouvoir sentir son bébé bouger.

Emily, vêtue de rouge de la tête aux pieds et en pantalon, arriva la première, au volant de sa propre automobile. Lady Julia, Lady Catherine et Edward l'attendaient sur le perron avec l'ensemble des domestiques. Sa tenue déclencha parmi le personnel quelques murmures que Porter réprima d'un simple regard. Edward avisa Emily avec un air affligé. Lady Catherine fulminait. Julia, quant à elle, dut faire un effort conséquent pour garder son sérieux. Elle adorait l'irrévérence de sa cousine. Emily Allen annonçait le mouvement imperceptible mais latent de ce nouveau monde qui ne demandait qu'à éclore.

Elle descendit de son véhicule à moteur avec l'élégance de la princesse de Galles.

— Ma chère cousine ! s'exclama-t-elle en fondant sur Julia pour la prendre dans ses bras.

— Emily, c'est bon de te voir, répondit Julia en se laissant cajoler.

Emily, s'écartant de sa cousine, reporta son attention sur les autres membres de la famille.

— Catherine, c'est un plaisir, dit-elle en lui écrasant les doigts.

— J'aurais voulu en dire autant, répliqua celle-ci. Vous n'avez donc pas les moyens de vous offrir un chauffeur, ma chère ?

Les hostilités étaient déclenchées ; une passe d'armes passionnante s'annonçait. Emily, ravie d'avoir atteint la tranquillité d'esprit de Lady Catherine en si peu de temps, afficha un sourire satisfait.

Edward, peu amateur des excentricités de la cousine de Julia, l'accueillit tout de même courtoisement. Il se rappelait l'immense estime que son frère Charles lui avait toujours portée – sans qu'il comprenne d'ailleurs bien pourquoi.

Ils pénétrèrent dans la maison sous le regard amusé du personnel qui attendait maintenant avec impatience la suite des événements. Les cousines se retirèrent un moment dans le petit salon. Elles ne s'étaient plus revues depuis les obsèques de Charles.

— Je suis si heureuse que tu sois là, Emily !

Elles s'étaient installées côte à côte sur le grand sofa bleu.

— Et moi donc, ma chérie, dit Emily en prenant dans les siennes les mains de sa jeune cousine. Comment vas-tu ?

— Je me sens mieux depuis quelques jours.

— Le bébé ?

— Il va bien. Enfin, je crois… Cet enfant m'oblige à sortir de ma mélancolie.

— C'est une excellente chose, je m'inquiète tant pour toi.

— Charles me manque.

— C'était un homme remarquable et si gentil, répondit la cousine Emily avec un sourire triste.

— Je n'arrive toujours pas à croire ce qui s'est passé.

— As-tu finalement réussi à en parler avec quelqu'un ?

— Non... Edward était trop proche de son frère, je ne veux pas ajouter à sa tristesse. Quant à Catherine...

— Oui, autant aller raconter cette histoire au coq du poulailler, tu y trouverais certainement davantage d'écho, s'amusa Emily.

— Le pasteur... Je n'avais pas envie d'entendre un sermon sur les desseins du Seigneur.

— Oui, c'est bien la dernière chose dont tu as besoin. Et ta femme de chambre ?

— Oh, non, remplacer Maria l'a déjà profondément affectée.

— Tu n'en as donc discuté avec personne ?

— Non, conclut Julia en regardant ses mains crispées sur sa robe.

— Alors, il serait peut-être temps de déposer ce fardeau, conseilla Emily en posant une main réconfortante sur celle de sa cousine.

Lady Julia plongea son regard dans celui d'Emily, prit une grande inspiration et se lança pour la première et la dernière fois dans le récit de cette terrible nuit d'avril 1912.

— Tout d'abord, tu dois savoir que nous n'aurions jamais dû être à Londres. Tout ce qui est arrivé s'est produit par ma faute... Parce que j'étais incapable de tomber enceinte.

Julia fit une pause pour sonner l'office. Moins de trois minutes plus tard, le majordome fit son entrée dans le petit salon.

— Porter, pourriez-vous nous servir du thé ?

— Bien sûr, madame, répondit celui-ci en s'éclipsant aussitôt.

Julia le regarda disparaître puis reprit son récit. Sa mine devint plus sombre.

— Nous étions arrivés depuis seulement trois jours. Je devais rencontrer un énième grand spécialiste de la fertilité le lendemain. Si seulement Dieu avait bien voulu me faire cadeau d'un enfant plus tôt, rien de tout cela ne se serait produit. La maison aurait été fermée et vide d'occupants.

Julia s'arrêta quand Orson Porter entra avec le thé. Il posa le plateau sur le guéridon, servit deux tasses et se retira aussi discrètement qu'il était entré.

— Ce soir-là, nous avons dîné dans un grand restaurant avec quelques amis de Charles, membres de la Chambre des lords. Vers onze heures, j'ai commencé à me sentir fatiguée et nous sommes rentrés. Tout était calme et parfaitement normal quand nous nous sommes mis au lit. Vers deux heures du matin, Charles m'a réveillée. J'ai tout de suite compris qu'il se passait quelque chose d'extrêmement grave, car il n'était pas homme à paniquer facilement. Il m'a fait me lever et me couvrir d'un manteau chaud. Puis nous avons tâtonné au milieu d'un épais brouillard noir et suffocant jusqu'à la porte d'entrée. J'ai bien cru que j'allais étouffer, et c'est peut-être ce qui se serait produit si Charles ne m'avait pas obligée à garder un linge humide sur le visage. Une fois à l'extérieur, j'étais si bouleversée que je n'ai même pas compris ce qu'il me disait. J'étais tétanisée par la vision des flammes, je n'ai pas pris tout de suite conscience que l'incendie ravageait les combles. L'étage des domestiques… Le temps que je reprenne mes esprits, Charles avait disparu.

Julia serra les poings.

— Il est retourné à l'intérieur dans l'espoir de sauver Maria et les autres. Après, tout s'est enchaîné très vite, les pompiers avec leur lance à incendie, les voisins sortis de chez eux en robe de chambre, l'odeur infecte qui s'échappait de notre hôtel particulier, les gens qui me parlaient, les visages qui se succédaient, et moi, impuissante au milieu du tumulte, répétant bêtement le prénom de mon mari…

Julia but une gorgée de thé puis se leva pour aller jusqu'à la fenêtre.

— J'ai su plus tard que l'incendie était parti de l'entresol. Vraisemblablement un dysfonctionnement de la vieille cuisinière. Quelle ironie, nous devions justement la changer et c'est à cause d'un retard de livraison que cela n'avait pas encore été fait. Le feu s'est propagé aux cuisines, puis par l'escalier de service en bois pendant que tout le monde aux étages dormait paisiblement.

Julia était dos à sa cousine ; elle pleurait mais sa voix ne tremblait pas.

— J'ai cru que Charles s'en sortirait. Mon esprit refusait l'idée même de sa mort. C'était inconcevable, Emily. J'avais le regard rivé sur la porte d'où s'échappait la fumée et je m'attendais à le voir sortir avec tous nos domestiques. Jusqu'au dernier moment, j'ai espéré. Puis la charpente s'est effondrée dans un grondement effroyable, en engloutissant tous ceux qui se trouvaient à l'intérieur. Je me suis mise à courir, je voulais rentrer, aller le chercher, le ramener et, si ce n'était pas possible, mourir avec lui. Peu m'importait à cet instant, de toute façon tout était perdu. Les pompiers m'en ont empêchée. Après, je ne me souviens plus de grand-chose si ne n'est qu'un médecin est arrivé, qu'il m'a injecté quelque chose et que je me suis réveillée le lendemain à l'hôpital.

La voix de Julia se brisa et sa cousine vint la rejoindre pour la prendre dans ses bras.

— Ils sont tous morts, pleura Julia en s'accrochant de toutes ses forces à Emily. Je les ai perdus pour toujours. Je n'aurais jamais dû sortir de cette maison ! J'aurais dû mourir avec eux cette nuit-là !

Emily se détacha alors de sa cousine pour la secouer vigoureusement.

— Julia Cornwell Ashford ! Je t'interdis, tu entends ! Tu n'as pas le droit de geindre sur ton propre sort ! Ces gens auraient donné ce qu'ils avaient de plus cher pour être en vie comme toi aujourd'hui, alors, de grâce, ressaisis-toi !

La réaction d'Emily pétrifia Julia au point qu'elle cessa instantanément de pleurer. Le regard sévère que sa cousine posait sur elle la fit rougir de honte et ce jour-là, elle se fit la promesse de ne plus jamais se plaindre d'avoir eu la vie sauve.

Chapitre VII

Edna, ce matin-là, ouvrit les yeux sur une nouvelle page de son existence. Pour la première fois depuis longtemps, elle avait dormi paisiblement sans craindre pour sa vie. Elle n'avait aucune certitude quant à la suite des événements, mais elle se mit à sourire. Elle se rendit compte qu'il était déjà tard et qu'il fallait qu'elle se presse pour ne pas arriver en retard chez les Murphy. Elle ne voulait pas décevoir l'homme qui l'avait arrachée aux griffes de son mari.

Edna s'habilla avec ses plus beaux vêtements et tenta de mettre un peu d'ordre dans sa longue chevelure blonde. Elle s'observa un moment dans le miroir. Elle reconnaissait bien cette jeune femme aux joues creuses, au corps amaigri et brisé. Ce qui avait changé, en revanche, c'était son regard. Ce regard si triste et terne d'ordinaire. Il y avait là quelque chose de nouveau, une infime mais pourtant perceptible lueur – peut-être bien celle de l'espoir.

Les lettres de Mrs Alder bien à l'abri dans son panier en osier, elle se rendit jusqu'au pub des Murphy le cœur battant. En quoi ces courriers pouvaient-ils bien intéresser le plus influent des gangsters de Londres ?

Edna entra cette fois par la porte de devant. Nesto l'accueillit avec un large sourire.

— Bien dormi ? s'enquit-il.

Elle ne pouvait pas savoir qu'il avait monté la garde une grande partie de la nuit devant chez elle.

— Oui, merci, répondit-elle en regardant timidement le bout de ses chaussures élimées.

— Suivez-moi, ils vous attendent, continua Nesto en l'accompagnant jusqu'au salon privé des Murphy.

Merry et Will l'attendaient en effet, elle en tricotant et lui le nez dans ce qui semblait être un livre de comptes.

— Ah ! Edna, s'exclama Will en la voyant.

Son regard azur vint se poser sur le panier.

— Entrez, venez vous mettre au chaud, proposa Merry en quittant son ouvrage pour aller à la rencontre de la jeune femme.

Ces gens qu'elle connaissait à peine lui témoignaient tant d'égards qu'elle faillit en pleurer de gratitude. Elle retenait courageusement ses larmes quand un homme grisonnant entra, une sacoche noire à la main. Il les salua en se débarrassant de son chapeau et de son manteau.

— Docteur, l'accueillit Will. Edna, voici le docteur Jones. Je lui ai demandé de venir pour nous rassurer sur votre état de santé.

— C'est très gentil à vous, monsieur Murphy, mais ce n'était pas nécessaire, protesta-t-elle en rougissant.

— Vous m'avez l'air d'avoir des difficultés à vous déplacer, pourtant. S'il vous plaît, laissez le docteur vous examiner, juste pour me tranquilliser.

Edna n'osa pas refuser et, sous le regard compatissant de Merry Murphy, elle suivit le docteur dans une pièce adjacente. Ils ressortirent quinze minutes plus tard. Le médecin cachait mal sa colère – il avait vu tant de fois ces corps féminins outrageusement martyrisés.

— Elle a deux côtes cassées, expliqua-t-il lugubrement.

Il tut les blessures infligées à l'intimité d'Edna.

— Ça ira quand même ? s'enquit Merry avec anxiété.

— Oui, il lui faut du repos, elle ne doit porter aucune charge et surtout, elle ne doit plus être maltraitée. Une de ses côtes aurait pu lui perforer le poumon. Je lui ai fait un bandage qui devrait la soulager mais il faudra veiller à le refaire.

— Je m'en chargerai, annonça Merry.

— Merci, docteur. Nous allons veiller sur elle, maintenant, dit Will en raccompagnant le médecin.

Le docteur Jones avait fait la connaissance de Merry Murphy quelques années plus tôt. Il l'avait trouvée un jour agonisante à la porte de son cabinet. Son mari, Herbert Lacustre, l'avait tellement rouée de coups que Jones avait bien cru qu'elle allait mourir dans ses bras. Mais les Murphy avaient la peau dure et Merry s'en était sortie grâce aux bons soins de Mrs Jones qui avait insisté pour qu'elle vienne se rétablir chez eux.

Durant son séjour, Merry avait parlé aux Jones de sa détresse mais aussi de ses trois jeunes frères vivant dans le Kent. Mrs Jones leur avait alors écrit pour les mettre au courant de la situation de leur sœur. Et moins de dix jours plus tard, Jack, Oliver et Will débarquaient à Londres.

Ils furent atterrés de trouver Merry dans un tel état. Elle n'avait jamais rien laissé transpirer de ce qu'elle subissait. Pour les garçons Murphy, il était exclu qu'elle subisse le même sort que leur mère. Quelques jours seulement après leur arrivée à Londres, Lacustre disparaissait mystérieusement.

Ils trouvèrent du travail sur les docks et prirent rapidement l'ascendant sur toutes les activités du quartier. En quelques mois, ils avaient réussi à organiser un vaste réseau d'hommes de main qui assuraient sous leurs ordres la sécurité de tout ce qui transitait par les docks. Ces marchandises pouvaient aussi bien se perdre (et se retrouver sur le marché noir) si leurs propriétaires s'entêtaient à ne pas appliquer les règles que dorénavant les frères Murphy avaient décidé d'imposer. Il n'y avait désormais qu'une seule loi, celle de Jack, Oliver et Will Murphy. Ceux qui refusaient de s'y soumettre le payaient, financièrement ou de leur vie.

Leur petite activité était devenue si florissante que six mois plus tard, ils avaient pu faire l'acquisition d'un pub qu'ils avaient baptisé le *Murphy's.* L'endroit était rapidement devenu un haut lieu de leurs juteux trafics ainsi qu'une excellente source de revenus, tant les hommes et les femmes de ces quartiers pauvres étaient portés sur la boisson.

Le docteur Jones n'était pas ignorant des activités illégales des Murphy mais il leur reconnaissait un véritable sens de l'honneur. Contre toute attente, leur mainmise sur les docks avait rendu les lieux plus sûrs et moins décadents. Les officiers de police, partie prenante de cette nouvelle organisation, acceptaient volontiers de se laisser graisser la patte, en échange de quoi ils fermaient les yeux. Au final, tout le monde ou presque y trouvait son compte.

Merry invita Edna à s'asseoir près d'elle. Il y avait un côté maternel chez la sœur des Murphy. Avec son regard plein de compassion, elle inspirait confiance. Edna se sentait bien en sa présence et commençait à penser sérieusement que les choses s'arrangeraient pour elle. Elle s'aperçut que, dès son retour dans la pièce, le regard de Will s'était fixé sur le panier qu'elle avait laissé sur la table basse. Incapable de le laisser patienter plus longtemps, elle se pencha pour récupérer le paquet de lettres soigneusement ficelé.

— Vous les voulez maintenant ? demanda-t-elle.

Une lueur qu'Edna eut du mal à identifier s'alluma dans les iris de Will.

— Si vous n'avez pas changé d'avis, oui, s'il vous plaît, Edna.

— Tenez, dit-elle en tendant les courriers.

Il les prit avec précaution comme s'il les pensait capables de lui brûler les doigts.

— Il va de soi que je vous les rendrai une fois que j'en aurai terminé la lecture.

— Oui, ce n'est pas pressé, monsieur Murphy.

— Will, répliqua celui-ci. Appelez-moi Will, ça suffira.

— D'accord, Will, murmura Edna, mal à l'aise.

— Nous allons passer à table, si vous le voulez bien. Merry nous a préparé un festin, expliqua-t-il en disparaissant une minute dans son bureau pour y poser son précieux butin de papier.

Il était pressé de prendre des nouvelles de Julia, mais chaque chose en son temps. Quand il serait certain d'être seul, il entamerait sa lecture.

Merry avait préparé un succulent poulet rôti dégoulinant de graisse, des haricots, des pommes de terre en gratin et, pour finir, une tarte aux pommes. Edna n'aurait pu exprimer à quel point elle leur était reconnaissante. Merry et Will, eux, s'amusaient de voir cette frêle jeune fille ingurgiter autant de nourriture. Edna n'aurait plus jamais faim, Merry s'en fit la promesse.

Durant le repas, Merry évoqua sa propre expérience avec Herbert. À peu de chose près, elles avaient vécu les mêmes épreuves. Toutes deux étaient des survivantes. Will ne prit que très peu part à la discussion. Il était obsédé par ces lettres qui l'attendaient dans son bureau. Néanmoins, il fallait qu'il s'acquitte d'une autre de ses promesses : trouver un travail décent à Edna Fallen. Sans mari, elle devrait subvenir seule à ses dépenses, ce qui n'allait guère de soi.

— J'ai réfléchi au travail que vous pourriez faire, commença-t-il.

Malgré elle, Edna tressaillit. Que ferait-elle s'il lui demandait de vendre sa vertu ?

— J'ai pensé qu'un travail de vendeuse pourrait vous plaire.

Elle se décontracta tandis que le nœud dans son estomac se dissipait.

— Oh ! J'aimerais beaucoup, mais je n'ai aucune expérience.

— Ce n'est pas très grave, vous apprendrez. Je voulais simplement savoir si ça vous conviendrait.

— Oui, parfaitement, monsieur Murphy… Euh… je veux dire Will.

— Je vais prendre contact avec le directeur de Harrods dans ce cas ; il me doit une faveur.

— Harrods..., bafouilla Edna.

Elle n'en revenait pas. Un tel poste était inespéré pour une fille comme elle. Personne n'ignorait que les salaires et les conditions de travail étaient exceptionnels dans ces grands magasins, et les places d'autant plus chères.

— Bien, c'est entendu alors. Vous ne commencerez pas tout de suite, vous devez d'abord reprendre des forces et soigner ces côtes cassées. Ainsi, ça me laissera le temps de conclure l'affaire.

— Merci, mais je vais bien, je peux commencer tout de suite.

Edna n'avait pas un sou et ne pouvait pas se payer le luxe de rester gentiment chez elle en attendant que ses côtes se consolident.

— Vous avez entendu ce qu'a dit le médecin, objecta Merry.

— Je vous prêterai de l'argent, Edna, dit Will en devinant ce qui chagrinait la jeune femme. Vous me rembourserez quand vous le pourrez. Mais vous devez absolument vous remplumer. Sans quoi, même avec mes contacts, il me sera difficile de vous faire embaucher. Sans vouloir être brusque, vous ressemblez à un chaton qu'on viendrait de sortir d'un ruisseau.

— J'en ai bien conscience, chuchota Edna en rougissant.

— Très bien. Dans ce cas, je crois que toute cette histoire est réglée. La contrepartie, vous le savez, c'est que vous continuiez à correspondre avec...

— Mrs Alder, termina Edna. C'est la cuisinière.

— Oui, voilà, Mrs Alder, dit pensivement Will.

— Je prendrai des nouvelles chaque semaine et vous ferai lire toutes les lettres que je recevrai en retour.

— Marché conclu, dit Will, satisfait, en se levant de table. Une dernière chose : voici deux documents certifiés par mon notaire et signés de la main de votre mari. Dans le premier, il accepte la séparation et dans le second, il reconnaît avoir été infidèle et violent à votre égard. Cette preuve pourrait vous être utile si un jour vous décidez de divorcer. C'est une procédure longue, coûteuse et difficile. Merry en sait quelque chose…

— Jimmy m'a trompée ? s'étonna Edna.

— Sans doute pas, intervint Merry. Mais c'est un argument de poids quand on souhaite obtenir le divorce.

— Sur ce, mesdames, je suis désolé mais je dois vous abandonner, j'ai à faire. Vous pouvez rester, Edna, Merry prendra soin de vous.

— Merci, répondit Edna.

Will lui serra la main et quitta la pièce pour rejoindre son bureau où l'attendaient les lettres. Avant de fermer la porte derrière lui, il demanda à sa sœur de faire en sorte qu'il ne soit pas dérangé et il ajouta :

— Sous aucun prétexte.

Chapitre VIII

Un jour seulement après Emily, les Cornwell arrivèrent à Longfield dans le somptueux attelage de la famille. Septimus Cornwell, le père de Julia, amoureux de ses chevaux, avait décrété que les automobiles étaient des objets diaboliques. La modernité n'était pas encore près de franchir les grilles du domaine de Fallsbury. Par la suite, Julia comprendrait mieux l'attachement de son père à ces choses qui, poussées vers l'extinction par l'inexorable progrès, n'existeraient plus que dans leurs souvenirs.

Quelques jours plus tard, James Cornwell retrouva ses parents et sa sœur au domaine de Longfield. Lady Catherine, qui avait pourtant près du double de son âge, en était tout émoustillée. James faisait semblant d'ignorer l'attirance qu'il suscitait chez la belle-sœur de Julia, d'autant qu'il trouvait Catherine d'une bêtise qui dépassait souvent l'entendement. Durant les repas, il lui arrivait de prendre la parole sur des questions politiques auxquelles elle ne comprenait rien. Évidemment, chaque fois, la cousine Emily profitait de l'occasion pour pointer du doigt son ignorance. Pendant ces moments d'empoignades verbales, Septimus Cornwell, en bon pacifiste, tentait d'apaiser les choses par des « Allons, mesdames, cela vaut-il la peine que l'on se dispute ? » ou « Et si nous changions de sujet ? ». Chaque dîner, sans exception, était prétexte à la confrontation. Souvent, James prenait le parti d'Emily quand, péniblement, ce pauvre Edward (bien que peu convaincu) essayait de soutenir sa sœur. Tout l'office était hilare chaque fois que les valets de pied racontaient la dispute du jour. L'un d'entre eux, Mark, avait d'ailleurs un assez grand sens de la comédie et des qualités d'acteur indéniables.

James Cornwell était un jeune officier brillant, courageux et intelligent. Julia lui vouait une grande admiration. N'ayant eu qu'une permission d'une semaine, il était parti rejoindre son corps militaire – bien trop tôt au goût de sa sœur. Durant son bref passage à Longfield, il avait distillé une certaine crainte chez Julia. Il s'était montré inquiet au sujet des agissements du Kaiser. La course à l'armement de l'Allemagne ne faisait plus aucun doute, et pourquoi agir de la sorte si ce n'était pour faire la guerre ? Septimus Cornwell, lui, aurait préféré voir son fils embrasser une autre carrière que celle éminemment dangereuse qu'il avait choisie. James aurait pu s'abstenir de travailler, sa rente annuelle le lui aurait largement permis, mais il avait décidé de dédier sa vie au service de son pays.

Les mois passaient et la campagne environnante revêtait tour à tour les costumes saisonniers imposés par la nature. La cousine Emily s'était absentée brièvement pour se rendre à Nice où elle devait faire l'acquisition d'un hôtel particulier. Elle avait insisté pour que Julia l'accompagne, mais celle-ci, qui commençait à se sentir « exagérément grosse », n'avait pas souhaité quitter Longfield.

Pendant les absences d'Emily, le domaine retrouvait son calme habituel, Lady Catherine sa tranquillité d'esprit et le personnel sa morosité. Julia, elle, s'ennuyait malgré la présence de ses parents. Elle trouvait les journées terriblement longues et sans intérêt. Était-ce l'absence de Charles qui lui faisait voir Longfield différemment ? Elle n'en savait rien. Elle aurait bien voulu accompagner Emily dans ses déplacements, et pourquoi pas apprendre à faire de la politique avec elle. Elle trouvait fascinant l'engagement de ces femmes suffragettes qui tentaient d'infléchir un système vieux de plusieurs centaines d'années – même si elle regrettait leurs agissements qu'elle considérait comme trop violents. De plus, elle était certaine, en faisant cela, de contrarier sa belle-sœur – idée qui l'enchantait au plus haut point. Mais la naissance de son enfant risquait fort de l'empêcher de se consacrer à ces projets.

Julia entrait dans son septième mois de grossesse. Le bébé semblait se porter comme un charme et donnait régulièrement des coups de pied à sa mère, comme pour lui signifier qu'il était vigoureux et en bonne santé. Elle lui parlait souvent, de son père, de Longfield, de son enfance à elle et de ce qu'ils feraient ensemble quand il montrerait le bout de son nez. Elle lui chantait des chansons en espérant qu'il ou elle l'entendait. Si elle n'était pas très à cheval sur le sexe de son enfant, elle espérait tout de même un héritier pour Longfield, un beau garçon qui ressemblerait à Charles.

Cette journée était en tout point semblable aux autres. Emily venait de rentrer de son escapade sur la Riviera et les occupants de Longfield s'étaient rejoints au salon pour le thé quand Lord Cornwell eut l'idée de feuilleter les vieux albums de photographies des jeunes années de Julia et de James. Lady Cornwell les avait apportés pour tenter de distraire sa fille. Trois albums de cuir magnifiquement reliés leur furent remis par le valet de chambre de Lord Cornwell dans le grand salon, et tous se plongèrent dans les souvenirs heureux de la famille. Catherine s'extasiait sur le magnifique enfant qu'était James, Lord Cornwell riait aux larmes des poses improbables prises par ses enfants sur les photographies et Lady Cornwell, comme toujours, couvait du regard son fantasque époux. Plus les pages défilaient, plus Julia était affligée. Loin de voir son moral remonter, elle sombrait au contraire dans une profonde mélancolie. Dans l'album de sa famille à elle, celle qu'elle avait formée si peu de temps avec Charles, il n'y aurait jamais de clichés de son enfant aux côtés de son père.

Elle était sur le point de prétexter un mal de tête pour se retirer dans sa chambre quand un cliché attira son attention. On la voyait à l'âge de douze ans, juchée sur un adorable poney qui répondait au doux nom de Honey. Elle sourit en revoyant son fidèle compagnon. Elle se remémora toutes les larmes qu'elle avait versées quand il était mort de vieillesse un triste matin d'hiver. Puis, doucement, ses pensées glissèrent en même temps que son regard de l'animal au jeune homme qui tenait la bride.

— Ce n'est pas James sur la photo ? demanda Catherine.

— Non, ce n'est pas James. Voyons, comment s'appelait-il déjà ? demanda Lord Cornwell en se tournant vers sa fille.

— Will, murmura Julia en ne lâchant pas du regard le visage du garçon.

— Oui, c'est ça, Will ! exulta Lord Cornwell. C'est bien lui qui avait sauvé de ces brigands notre fille adorée ?

— Oui, mon chéri, c'est bien lui, confirma Lady Cornwell en se penchant sur la photo. Un jeune homme charmant.

— Sauvée des brigands ? demanda Edward.

Tous les regards convergèrent vers Julia. Comme elle restait silencieuse, Lord Cornwell entreprit d'entamer le récit du fâcheux incident.

— Je crois me souvenir que Julia était partie faire une promenade avec sa nanny quand elles sont tombées dans les bois sur deux brigands armés de couteaux de chasse. Par chance, le jeune Murphy et sa sœur aînée travaillaient dans le champ voisin. Alertés par les cris, ils se sont portés au secours de notre Julia. Ce garçon qui ne devait avoir qu'une douzaine d'années a mis en fuite deux hommes de deux fois sa taille ! Avec une simple faucille, vous rendez-vous compte ? Il avait d'ailleurs été blessé, me semble-t-il…

Lord Cornwell, d'un regard, demanda confirmation à sa fille.

— Oui, une blessure au bras, père.

Et les souvenirs affluèrent en elle aussi violemment qu'une charge de cavalerie.

Will, accourant faucille à la main, s'était aussitôt interposé entre les hommes et elle. Il s'était battu contre l'un d'entre eux pendant que l'autre prenait la fuite. Merry était partie chercher ses frères. Le temps qu'ils arrivent, Will avait été blessé mais il avait entaillé sérieusement la main du brigand avec sa faucille. Ce dernier n'avait d'ailleurs pas mis longtemps avant de détaler à la suite de son comparse. Quand Jack et Oliver Murphy étaient arrivés sur place, tout était déjà fini. Horrifiée par la blessure de Will, Julia avait noué son mouchoir bleu autour de la plaie qui saignait abondamment. Elle se souvenait qu'elle avait dû se disputer avec lui car il craignait qu'on ne puisse pas ravoir le sang sur le mouchoir brodé aux initiales de sa propriétaire.

Le père Murphy était un ouvrier agricole qui travaillait pour les métayers du domaine de Fallsbury et il arrivait souvent que Julia et Lady Cornwell apportent un peu de nourriture à cette famille qui vivait dans des conditions misérables. Très vite, Will et Julia, qui n'étaient que des enfants, et qui n'avaient qu'une idée assez floue de ce que pouvaient être les convenances sociales et les problèmes de rang, s'étaient liés d'une amitié solide et indéfectible.

Les Cornwell, toujours originaux, ne voyaient pas d'objection à ce que leur fille s'amuse avec un garçon de ferme, du moment qu'il était pour elle un bon compagnon. Les choses s'étaient compliquées lorsqu'ils étaient devenus des adolescents. Cette amitié était soudain devenue bien moins tolérée et l'on avait suggéré à Julia d'y mettre un terme. Ce qu'elle avait tenté de faire… oui, Dieu savait qu'elle avait essayé de ne plus voir Will, pour rapidement se rendre compte qu'elle en était incapable. Ils avaient alors commencé à se rencontrer en cachette. Cela avait duré jusqu'aux dix-sept ans de Julia, jusqu'à l'entrée de Charles Ashford dans son existence, jusqu'à ce terrible soir où elle avait annoncé à Will qu'elle allait se marier.

Il avait d'abord encaissé la nouvelle sans broncher. Puis, comme mû par un sentiment d'urgence désespérée, il l'avait attrapée par la taille et embrassée passionnément pour la première et la dernière fois. Elle s'était laissé faire en se délectant du contact brûlant de ses lèvres. Il avait fini par relâcher son étreinte, l'avait doucement repoussée en lui chuchotant à l'oreille : « Il ne t'aimera jamais comme je t'aime » et il l'avait abandonnée là, seule et perdue dans leur grange secrète – ce lieu qui avait abrité leurs rencontres toutes ces années.

Julia n'avait jamais eu aucun doute sur le fait qu'elle épouserait un homme de sa condition. Jamais elle n'avait laissé espérer à Will autre chose qu'une simple amitié. Mais ce baiser… Comment aurait-elle pu l'oublier ? Ce soir-là, elle pleura jusqu'à épuisement, puis décida de faire taire de manière définitive le murmure douloureux qui montait de sa poitrine. Emily avait eu raison de la mettre en garde ; continuer à entretenir une relation avec lui, aussi chaste soit-elle, l'exposait au plus grand danger. Elle était sincèrement tombée amoureuse de Charles ; les mois passés en sa compagnie avant qu'il lui fasse sa demande lui avaient fait entrevoir la perspective du plus heureux des mariages. Julia n'aurait pas pris le risque de tout gâcher. Elle ne pouvait aimer deux hommes à la fois.

De son côté, Will, au fond de la campagne du Kent, avait hurlé toute sa douleur. Le monde, les conventions, leur condition sociale avaient fini par les rattraper.

— Julia ? Tu vas bien, ma chérie ? Tu es toute pâlichonne, s'inquiéta Lady Cornwell.

Julia sortit de sa rêverie en sursautant. Elle avait fait tant d'efforts pour enfouir Will dans un recoin de sa mémoire, et voilà qu'il ressurgissait par le biais d'un innocent album photo, prêt à tout emporter avec lui.

— Je crois que je suis un peu fatiguée. Je pense qu'il serait plus sage pour moi de monter m'allonger un moment.

Elle quitta la pièce en refoulant les larmes qui lui montaient aux yeux. Personne ne devait se rendre compte de l'état dans lequel elle se trouvait.

Emily, en regardant sortir sa cousine, s'inquiéta de la voir aussi troublée. Son regard se posa à nouveau sur le cliché en noir et blanc du jeune homme tenant la bride du poney…

Chapitre IX

Edna, qui s'était tout à fait remise grâce aux bons soins de la famille Murphy, avait fait la connaissance du reste de la fratrie. Jack et Oliver étaient deux colosses de Rhodes ; Will, en comparaison, semblait presque chétif. Il était pourtant évident aux yeux d'Edna que ce dernier était le cerveau du clan.

Ils étaient si gentils avec elle qu'elle comprenait mal comment cette famille pouvait inspirer autant de crainte. Will Murphy avait honoré sa promesse, et elle avait commencé à travailler pour les magasins Harrods le mois précédent. Elle s'était présentée au bureau du personnel avec une lettre de recommandation signée du directeur Sir Richard Burbige en personne.

Ils avaient fait une exception en l'embauchant. C'était une femme séparée ; d'ordinaire, seules les célibataires pouvaient prétendre à un poste dans un grand magasin, le mariage et les grossesses étant incompatibles avec un travail de vendeuse. Burbige était un précurseur en termes d'amélioration des conditions de travail de ses employés. Les journées ne comptaient que huit heures de travail et Edna avait découvert, effarée, que le personnel pouvait se reposer le jeudi après-midi quand le magasin était fermé.

On l'avait affectée au rayon parfumerie et, même si elle avait été accueillie avec suspicion par ses collègues, elle s'était vite fait apprécier.

Harrods aidait aussi ses vendeuses à se loger. Edna avait donc quitté son appartement miteux pour une chambre certes petite mais agréable, bien chauffée et surtout proche du grand magasin. Harrods venait d'achever sa mutation ; la rénovation et l'agrandissement du grand temple des dames étaient à présent terminés. La concurrence féroce avec le Selfridges ouvert en 1909 ne leur avait pas laissé d'autre choix. L'Américain chassait sur les mêmes terres. Désormais, la course à la modernité et au luxe faisait rage entre les deux enseignes.

Edna, malgré ses longues journées, mettait un point d'honneur à entretenir une correspondance nourrie avec Mrs Alder. Chaque jeudi après-midi, elle se rendait chez les Murphy pour prendre le thé et remettre la dernière lettre reçue à Will. Celui-ci glissait le précieux bout de papier dans la poche de son veston et continuait à vaquer à ses occupations comme si tout cela ne le touchait pas.

Pourtant, Will goûtait avec avidité chaque mot concernant la vie de Julia, comme s'il s'était agi d'un grand cru. Il avait été consterné d'apprendre combien elle avait été triste et avait béni Mrs Alder pour son extrême gentillesse et ses miraculeux croissants. Il vivait auprès d'elle par le biais de ces quelques mots griffonnés d'une écriture appliquée par la cuisinière de Longfield.

Dans le dernier courrier, il avait appris sa grossesse. Julia portait un enfant, ce n'était pas le sien, mais il ressentait un profond sentiment d'affection pour ce petit être à venir, ce bout d'elle. Les lettres se succédaient pendant que le ventre de Julia s'arrondissait et, à quelques semaines du terme, Will commença à s'inquiéter de l'accouchement proche.

Il aurait donné tout ce qu'il possédait pour être auprès d'elle. Il était fou d'angoisse à l'idée qu'il puisse leur arriver quelque chose, à elle ou à son enfant. Il envisagea même sérieusement de se rendre à Longfield. Merry l'en dissuada en arguant avec sagesse qu'on ne lui laisserait même pas franchir les grilles du domaine. Elle avait raison, il n'était rien pour cette famille. Peut-être même que Julia l'avait oublié. Frustré et inquiet, il se résigna donc à se contenter des quelques missives de Mrs Alder, des photos parues dans les quotidiens et de ses pauvres souvenirs.

Son amour pour Julia Ashford était déraisonnable et pathétique. Il en avait parfaitement conscience. Il avait tenté de l'oublier dans les bras d'une autre, mais il n'y avait qu'elle. Il n'y aurait jamais qu'elle.

Merry se désolait de constater que Will était toujours hanté par cette aristocrate qu'il n'avait plus vue depuis plusieurs années. Edna était jolie et, un moment, elle avait espéré que son frère finirait par s'y intéresser. Finalement, ce fut Nesto qui succomba à son charme, et Merry assistait, attendrie, à ses tentatives gauches pour attirer l'attention de la petite vendeuse.

Il était si intimidé par Edna qu'il n'était pas rare qu'il perde l'usage de la parole ou qu'il se cogne dans les portes dès lors qu'il se trouvait dans la même pièce qu'elle. Ce jeudi après-midi, il ne manqua pas de se faire remarquer en se prenant les pieds dans le tapis sous les regards amusés de Will et Merry.

— Tu troubles ce pauvre garçon, murmura Merry à son amie.

— Je ne crois pas, répondit Edna en s'empourprant.

Pour cacher sa gêne, elle commença à farfouiller dans son sac à la recherche de la dernière lettre qu'elle tendit aussitôt à Will.

— Merci, Edna, dit-il en la prenant. Aujourd'hui, je ne vais pas prendre le thé avec vous, mesdames, j'ai à faire.

Il devait régler une question urgente au sujet d'une cargaison que ses frères et lui avaient « confisquée ». Son propriétaire, un peu trop zélé, refusait de s'acquitter de la somme demandée. Merry profita de son absence pour aborder le sujet du timide Nesto avec son amie. S'il était doué pour terroriser les hommes d'affaires, il n'avait définitivement pas le même talent ni la même assurance quand il s'agissait de séduire une jeune femme.

Il était encore trop tôt pour qu'Edna refasse confiance à un homme et, de plus, elle était toujours mariée. Mais la douceur de Nesto la touchait et elle finit par accepter un pique-nique en sa compagnie à Hyde Park le jeudi suivant, à condition que Merry les accompagne. Sur cette promesse de déjeuner sur l'herbe, les deux amies se quittèrent.

Merry, restée seule dans le pub fermé, n'attendait pas le retour de ses frères avant au moins une heure. Elle s'était plongée dans la mise à jour de la comptabilité du mois quand un bruit venant du rez-de-chaussée attira son attention.

Nesto avait raccompagné Edna chez elle, Merry était donc seule. Aussitôt en alerte, elle ouvrit le tiroir de droite du bureau de Will où elle savait qu'une arme était rangée. Concentrée sur le cadre de la porte ouverte, elle tâtonna pour saisir le pistolet. Des bruits de pas inconnus, le craquement sec de la troisième marche de l'escalier : quelqu'un montait et, elle en était certaine, ce n'était pas l'un de ses frères.

Elle arma le chien et visa droit devant elle, le cœur battant. Elle aurait tout imaginé sauf revoir ce visage un jour.

— Herbert ?

Il était censé être mort, Oliver et Jack le lui avaient affirmé. Était-ce un fantôme, un démon tout droit sorti des enfers, ou s'agissait-il réellement de la face hideuse de son mari qui lui souriait avec une lueur glaçante dans le regard ?

Herbert dévisageait sa femme. Pendant toutes ces années, il avait ruminé sa vengeance, surveillant les allées et venues des frères, guettant fiévreusement l'instant où elle serait seule. Enfin, l'ultime moment qu'il avait patiemment mûri se présentait : il allait détruire cette garce avec ses airs de grande dame.

Merry pressa la gâchette sans aucune hésitation mais n'eut pour résultat qu'un faible cliquetis. À peine eut-elle le temps de baisser les yeux sur le tiroir pour y voir les balles éparpillées que déjà Herbert Lacustre fondait sur elle. En essayant de prendre la fuite, elle glissa sur le parquet et sa tête vint heurter violemment l'angle du bureau. Sonnée, elle tenta de se remettre sur ses jambes mais celles-ci refusaient de lui obéir. Il n'en fallut pas davantage pour que Herbert se jette sur elle. Il l'empoigna par les cheveux et commença à lui fracasser le visage sur le sol. Merry entendait les craquements sourds de ses os qui cédaient sous la violence des chocs. Elle savait que cette fois, elle n'en réchapperait pas, il la tuerait. Il n'était venu que pour en finir avec elle.

Herbert se releva et traîna Merry, le visage tuméfié et en sang, sur le parquet. Il la souleva jusqu'au bureau et l'obligea à se pencher en avant. Merry se débattit avec l'énergie du désespoir mais rien n'y fit, il était trop fort. Quand elle le sentit forcer son intimité, elle en pleura de rage. Elle l'entendait grogner contre son oreille pendant qu'il la pénétrait brutalement tout en l'étranglant. Merry agonisait ; le bruit sourd du bureau frappant le mur à chaque mouvement de Herbert lui vrillait les tympans et elle finit par perdre connaissance en serrant dans sa main le coupe-papier de Will qu'elle avait réussi à attraper.

Herbert Lacustre relâcha son étreinte. Il se retira, le pantalon sur les chevilles, et le corps inerte de sa femme glissa sur le plancher. Son jupon toujours relevé laissait voir la blancheur de ses cuisses. Essoufflé, il s'essuya la bouche du revers de la manche. Elle avait son compte. Dans moins d'une demi-heure, le môme à qui il avait glissé une grosse pièce remettrait une lettre de dénonciation à la police, achevant d'exécuter son plan parfait pour réduire à néant le clan Murphy. Triomphant, il se penchait pour s'assurer que sa chère épouse avait bien rendu son dernier souffle quand Merry, cramponnée à son coupe-papier, le lui planta en plein cœur.

Herbert, tout d'abord étonné, ne réalisa pas immédiatement qu'elle venait de le blesser mortellement. Il ricana bêtement et recommença à l'étrangler, en vain. Merry retira la lame et le sang de Herbert s'échappa de sa poitrine par giclées. Il s'affaissa sur elle et mourut en moins de cinq minutes.

À moitié moribonde, elle se dégagea comme elle le put de la masse inerte du corps de son mari pour ramper jusqu'au couloir où elle perdit connaissance.

Jack, en rentrant, découvrit sa sœur méconnaissable et inanimée. Elle respirait encore. Affolé, il envoya chercher le médecin, porta Merry jusque dans sa chambre et entreprit de faire le tour de l'étage pour comprendre ce qui avait bien pu se passer.

Herbert Lacustre gisait dans son sang au milieu du bureau de Will. Jack ferma précipitamment la porte pour dissimuler le corps. Ce chien aurait dû être mort. Oliver et lui avaient chargé Will de s'en débarrasser. Il devait le balancer dans la Tamise, lesté de quelques kilos de fonte. Comment avait-il pu s'en sortir ? Herbert n'avait rien d'un Houdini et il était déjà bien amoché avant qu'on lui fasse prendre son dernier bain. Les questions s'entrechoquaient dans l'esprit de Jack quand il entendit Oliver et Will arriver.

— Qu'est-ce qui se passe ? questionna Oliver en comprenant aussitôt que quelque chose ne tournait pas rond.

Jack entrouvrit la porte du bureau.

— Merde ! Mais c'est qui ? insista Oliver en avançant pour rentrer dans la pièce.

Son frère lui bloqua le passage.

— N'entre pas ! Ce cochon a foutu du sang partout. J'ai dû changer de chaussures avant que le docteur n'arrive.

— Le docteur ? interrogea Will.

— Pour Merry…

— Mais tu vas nous dire ce qui s'est passé ici ? aboya Oliver.

— C'est Lacustre dans le bureau, il s'en est pris à Merry.

Will, soudain livide, courut jusqu'à la chambre de sa sœur. Il hoqueta d'effroi en la découvrant gisante sur son lit. Le visage de Merry n'était plus qu'un amas violacé et sanguinolent.

Il vint s'asseoir à son chevet.

— Pardon, Merry, murmura-t-il en lui caressant la main.

Tout était de sa faute, il le savait. Elle ne pouvait pas l'entendre, suspendue à un fil ténu entre la vie et la mort.

Quand le docteur arriva, Oliver le fit entrer dans la chambre et referma la porte derrière eux. En silence, il fit signe à Will d'aller rejoindre Jack. Ils devaient se débarrasser du corps de Lacustre. Le docteur Jones, en découvrant Merry, hésita un moment en se demandant si elle n'était pas déjà morte. Il chassa cette idée de son esprit, posa sa sacoche et reprit ses vieux automatismes de médecin.

— J'ai besoin d'une bassine d'eau chaude et de linges propres.

— Tout de suite, docteur, dit Oliver. Vous pensez qu'elle va s'en sortir ?

— C'est trop tôt pour l'affirmer, elle a reçu de violents coups à la tête, elle pourrait faire une hémorragie cérébrale et si c'est le cas, je ne pourrai rien y faire.

Oliver Murphy, dans un geste compulsif, contracta ses poings. Si l'ordure qui avait fait ça à sa sœur n'était pas déjà morte, il s'en serait chargé à sa façon.

Le docteur entreprit de nettoyer les blessures de Merry, délicatement et avec patience. Horrifié, il découvrit que son agresseur ne s'était pas contenté de la passer à tabac. Il soupira bruyamment, s'essuya le front du revers de la manche et se surprit à souhaiter que les frères Murphy règlent son compte au détritus de l'humanité qui avait fait ça.

Quand le docteur Jones sortit de la chambre, il trouva Oliver, Jack et Will appuyés contre le mur du couloir. Silencieux et graves, ils attendaient des nouvelles de leur sœur.

— Il faut la faire transporter à l'hôpital, annonça Jones.

— On peut faire quelque chose ? demanda Will.

— Non, rien pour le moment, je vais tenter de la soulager le temps qu'on organise son transfert mais je dois aller chercher des médicaments à mon cabinet. Je ne serai pas long. En attendant, l'un d'entre vous doit rester auprès d'elle au cas où elle reprendrait conscience. Je fais le plus vite possible.

Sur ces dernières paroles, le médecin descendit les escaliers pour sortir du pub.

— Je vais rester avec elle, proposa Will.

Ses deux frères le dévisagèrent un moment en silence.

— Will, comment Lacustre peut-il se trouver là ? demanda Jack.

— J'en sais rien, mentit Will.

— Comment ça, t'en sais rien ? insista Jack avec un air mauvais. Tu étais censé régler le problème !

— Et c'est ce que j'ai fait…

La voix de Will se mit à trembler.

— Hé ! Du calme ! s'interposa Oliver. J'ai pas besoin que vous vous battiez maintenant, en plus. Jack, tu restes avec Merry pendant que je m'occupe du macchabée avec Will.

Au moment où Oliver prononçait ces mots, Nesto arriva. Ils le mirent rapidement au courant de la situation.

— Nesto, installe les chaises, on va ouvrir le pub normalement ce soir. Personne ne doit soupçonner qu'il s'est passé quelque chose, ordonna Oliver. Toi, Jack, tu vas faire quelques apparitions dans la soirée pendant que Will et moi, on nettoie tout ce merdier. En attendant, on va mettre le corps dans un fût, on s'en débarrassera cette nuit.

Will et Oliver descendirent le corps jusqu'à l'arrière-boutique en prenant soin d'éviter de laisser des traces derrière eux. Ils dissimulèrent le corps dans un tonneau vide, et au moment de remonter, Oliver retint son frère par le bras.

— Tu vas me dire ce qui s'est passé ?

Will hésita. Son regard glissa sur la main de son frère qui lui enserrait avec force le biceps.

— J'ai merdé, Oliver.

— Comment ça ?

— Je l'ai pas lesté cette nuit-là… J'ai manqué de courage.

— Mais pourquoi ?

— Parce que je n'avais encore jamais tué personne ! s'énerva Will.

Oliver sembla surpris.

— Pourquoi tu ne nous l'as pas dit ? Mais qu'est-ce qui t'est passé par la tête, Will ?

— J'étais qu'un môme à cette époque, je ne voulais pas vous décevoir.

— Mais bordel, Will ! Tu ne nous aurais pas déçus ! Jack et moi, on aurait compris... Mais regarde où on en est, maintenant !

— Je sais ! cracha Will. C'est ma faute s'il a encore pu s'en prendre à Merry !

Will écumait de rage, pas contre Herbert Lacustre, mais contre lui-même. Oliver était sur le point de le réconforter quand des coups sourds se firent entendre à la porte d'entrée du pub.

Chapitre X

Julia s'observait dans la psyché de sa chambre. Elle se demandait comment il était possible de prendre du volume à ce point. Elle se sentait énorme, gonflée, bouffie, et n'espérait désormais plus qu'une chose, que le moment de la délivrance arrive enfin. Elle soupira pendant qu'Alma, dans un acte héroïque, essayait de lui enfiler sa robe.

— Ma pauvre Alma, je vous donne bien du fil à retordre.

— Pourquoi madame me dit-elle cela ?

— Enfin ! Regardez-moi, je ressemble à un pachyderme.

— Vous êtes toujours très belle, protesta Alma.

Il était vrai que, malgré sa grossesse, Julia Ashford n'avait rien perdu de sa beauté. Ses joues plus pleines donnaient à son visage une expression d'une grande douceur.

— Vous êtes gentille, Alma. J'ai hâte maintenant de voir la frimousse de ce petit être.

— Je suis certaine que nous reconnaîtrons en lui les traits de Lord Ashford.

— Oui, sans doute.

Elle espérait autant qu'elle redoutait cette ressemblance qui ne cesserait de lui rappeler celui qu'elle avait perdu. Sa mélancolie, même si elle la combattait avec acharnement, était toujours présente. Et pour ne rien arranger, elle éprouvait un sentiment diffus de culpabilité depuis ce fameux après-midi où ses parents, sans le vouloir, avaient exhumé le souvenir de Will Murphy.

Il avait recommencé à occuper ses pensées. Elle rêvait de lui. La nuit précédente encore, il était apparu dans un de ses songes. Ses caresses fiévreuses, son corps fin et athlétique... Elle rougissait de honte en repensant à ces fantasmes nocturnes qui, invariablement, la chamboulaient dans ses désirs les plus profonds. C'était sans doute stupide, mais elle avait l'impression de trahir Charles. Plus idiot encore, elle ignorait ce qu'il était advenu de Will et ne le saurait probablement jamais.

Alma, qui avait fini d'habiller sa maîtresse, redescendit à l'office où Mark était en train de mimer une des scènes de chamaillerie quotidiennes entre Lady Catherine et Lady Emily. Mrs Alder et Andy étaient hilares. Ce dernier se tenait les côtes tellement il riait.

— Mark, vous avez un don, dit Mrs Alder en s'essuyant les yeux d'avoir trop ri avec son tablier.

— C'est vrai, reconnut Alma en entrant dans la cuisine.

— Un don qui ne sert pas à grand-chose quand on est valet de pied.

— En effet, mais pourquoi n'essayeriez-vous pas de prendre des cours de théâtre ? demanda Mrs Alder.

— Je ne vois pas à quoi ça m'avancerait, répondit-il en haussant les épaules.

— À devenir un acteur, dit Andy, une lueur d'admiration dans le regard.

— Quelle drôle d'idée, un valet de pied qui deviendrait acteur... C'est totalement absurde, répliqua Mark.

— C'est absurde jusqu'à ce que ça finisse par arriver, dit Alma en s'asseyant à la table de l'office avec son ouvrage.

— Absurde et hors de propos dans cette maison, asséna Porter en entrant dans la pièce.

Le majordome venait de mettre un terme à la conversation. Personne ne se risquait à parler devant lui. Rabat-joie, soupe au lait et imprévisible, il lui était déjà arrivé de congédier quelqu'un sans préavis juste à cause d'une parole qui lui avait déplu.

— Retournez à vos tâches ! On ne vous paye pas pour bavasser !

— Oui, monsieur, dit Mark en fuyant en direction de l'escalier de service.

Mrs Alder grogna quelque chose et retourna s'affairer auprès de son fourneau. Alma n'aimait pas Porter. En revanche, elle avait le béguin pour Mark. Elle n'en montrait rien ; mais avec son physique avantageux et son tempérament rieur, elle le trouvait irrésistible.

Alma confectionnait un adorable bonnet pour le bébé quand Mark déboula tel un fou dans les cuisines.

— Allons ! Pourquoi une telle agitation ?

— C'est Lady Julia ! dit-il, hors d'haleine.

— Comment ça ? demanda Mrs Alder en s'essuyant anxieusement les mains sur son tablier.

— Le bébé arrive…

— Mais c'est trop tôt ! s'exclama Mrs Alder en blêmissant.

— Lord Edward est parti chercher le médecin au village.

Le téléphone était en cours de réparation et la fin des travaux prévue pour la semaine suivante. Alma se leva en renversant sa chaise.

— Où est Lady Ashford ?

— Lord Cornwell l'a montée dans sa chambre, répondit Mark en ramassant la chaise.

Alma laissa son ouvrage sur la table et courut jusqu'à la chambre de sa maîtresse. En bas, à l'office, la cloche reliée à la chambre de Lady Julia s'agitait frénétiquement mais Alma était déjà arrivée devant la porte.

— Je suis là, madame, dit-elle en entrant.

— Seriez-vous capable de voler, Alma ? tenta de plaisanter Julia, allongée dans son lit. Nous venons juste de vous sonner.

— Non, madame. Mark est descendu pour nous prévenir.

Julia vit l'angoisse sur le visage de sa femme de chambre.

— Tout va bien se passer, Alma.

— Oui, madame.

Mais Alma ne serait vraiment rassurée que quand le médecin serait là. Au même moment, une contraction arracha un grognement douloureux à Julia. Le drap serré dans sa main, elle étouffa un cri.

Trois semaines d'avance. Ce n'était pas une catastrophe, mais les bébés arrivés à terme étaient tout de même plus solides et en bien meilleure santé que les prématurés. Alma, malgré elle, se demanda ce qui se produirait si cet enfant ne survivait pas. Assurément, cela tuerait Lady Julia. Durant les derniers mois, elle n'avait lutté que pour la petite vie qui poussait en elle. Alma chassa ces idées noires de son esprit par des prières où elle demandait à Dieu d'accorder enfin un peu de joie à sa maîtresse.

Des heures plus tard, Edward Ashford n'était toujours pas revenu et à Longfield, on commençait sérieusement à s'inquiéter. Julia souffrait anormalement et, surtout, elle perdait beaucoup de sang.

Un gamin roulait à fond de train dans l'allée qui menait au domaine. Il sauta de sa bicyclette en la laissant tomber lourdement sur le gravier, puis continua sa course folle jusqu'à la porte de l'office derrière la maison où il se heurta au majordome.

— Pardon, monsieur.

— Mais dis donc, tu te crois où ? Ce n'est pas un moulin, ici !

Porter le considéra avec sévérité avant de l'empoigner par le col pour le pousser vers la sortie.

— Non ! J'ai un message ! Ne me renvoyez pas !

Ses cris ameutèrent Mrs Hallister, Mrs Alder et Andy qui débouchèrent dans le couloir.

— Peut-on savoir ce qui se passe ici ? demanda l'intendante.

— Ce garçon s'est introduit par la porte de derrière, sûrement pour voler quelque chose, gronda Porter.

— C'est pas vrai ! se défendit le garçonnet en commençant à pleurer. J'ai un message, madame !

— Menteur ! asséna Porter.

— Non ! Non ! C'est vrai ! C'est Lord Ashford qui m'envoie !

— Lord Ashford ? répéta Mrs Hallister.

— Oui, madame, s'il vous plaît, vous devez me croire.

— Tu seras puni pour avoir menti, promit Porter.

— Personne ne sera puni, Porter ! Et pour l'amour du ciel, veuillez lâcher cet enfant ! ordonna Mrs Hallister.

Porter, surpris par la réaction autoritaire de l'intendante, obtempéra sur-le-champ.

— Allons, comment t'appelles-tu ? demanda Mrs Hallister en se penchant sur lui pour essuyer son visage plein de larmes.

— Nelson, madame, sanglota-t-il.

— Alors, Nelson, qu'as-tu à nous dire ?

— Monsieur m'a demandé de venir vous prévenir que le médecin n'était pas au village et qu'il allait à la ville pour essayer d'en trouver un autre.

— Oh ! Seigneur ! se désespéra Mrs Alder.

— À la ville ? Mais ils vont mettre des heures à revenir. Et Lady Ashford qui va mettre au monde son enfant… Merci mon grand, va à la cuisine avec Mrs Alder, elle va te donner un morceau de gâteau pour te récompenser. Tu es un bon garçon, va.

Pendant que le petit se remettait de ses émotions avec une grosse part de cake, Mrs Hallister monta au salon pour informer Lord Cornwell qui, impuissant, arpentait la pièce de long en large. Instinctivement, il comprit que l'intendante n'était pas porteuse de bonnes nouvelles.

— Lord Ashford n'a pas trouvé le docteur au village, il est parti jusqu'à la ville pour en trouver un autre, monsieur.

— Mon Dieu ! C'est pour cela qu'il n'est toujours pas revenu.

— Oui, monsieur.

— Merci, madame Hallister. Pouvez-vous aller prévenir ces dames en haut ?

Lord Cornwell avait perdu sa bonne humeur légendaire. Consterné, il se passa les mains sur le visage en se demandant si le sort allait continuer à s'acharner sur lui en prenant, après son beau-fils, son petit-enfant et sa fille chérie.

En arrivant devant la porte de la chambre de Lady Julia, Mrs Hallister y trouva la cuisinière.

— Que se passe-t-il, madame Alder ?

— Je suis désolée, madame Hallister, mais je dois vous dire quelque chose.

— Je vous écoute, mais faites vite.

— Dans ma jeunesse, je veux dire... avant d'entrer au service des Ashford, j'assistais ma mère dans son travail.

— Où voulez-vous en venir, madame Alder ? Par pitié, venez-en au fait.

— Ce que je veux dire... c'est que ma mère était sage-femme.

Mrs Hallister dévisagea un moment la cuisinière en silence puis un sourire soulagé illumina son visage.

— Seigneur ! C'est le ciel qui vous envoie. Je vais prévenir tout de suite la famille.

— Cela fait bien longtemps, maintenant. J'ai peur d'être un peu rouillée.

— Vous êtes notre meilleure chance d'aider Lady Ashford, madame Alder.

Sur ces dernières paroles, Mrs Hallister pénétra dans la chambre de Lady Julia.

Alma et Lady Cornwell s'affairaient inutilement autour de la jeune femme, ne sachant pas vraiment quoi faire.

— Pitié, dites-moi que le médecin est arrivé, murmura Lady Cornwell à l'intendante.

Sur le même ton, Mrs Hallister lui répondit :

— Non, madame, je suis désolée, le médecin n'était pas au village, mais Lord Ashford est parti en chercher un autre à la ville.

Lady Cornwell devint si blême que Mrs Hallister craignit qu'elle ne tourne de l'œil.

— Oh ! Non ! Tout mais pas ça.

Elle jeta un coup d'œil terrifié en direction de sa fille.

— Madame, nous avons peut-être une solution.

— Une solution ?

— Mrs Alder, notre cuisinière... Sa mère était sage-femme et durant ses jeunes années, elle a eu l'occasion de l'assister dans son travail. C'était il y a longtemps mais elle pense qu'elle pourra aider.

— Alors, il n'y a pas une minute à perdre ! Allez la chercher !

— Justement, elle est derrière la porte, madame.

Mrs Alder, en entrant dans la chambre de Lady Julia, comprit qu'il fallait agir vite. En soulevant les draps, elle constata qu'ils étaient maculés de sang. Un peu gênée, elle entreprit un examen minutieux de la jeune maîtresse. Un silence assourdissant régnait dans la chambre, ponctué par les gémissements étouffés de Julia. Au bout de quelques minutes, Lady Cornwell, n'y tenant plus, demanda :

— Alors, madame Alder ? Pouvez-vous aider ma fille ?

La cuisinière de Longfield, tout en continuant son examen, répondit par l'affirmative d'un signe de tête.

— J'ai déjà vu ça, le bébé se présente mal, ma mère appelait ça un accouchement par les reins, expliqua-t-elle en s'essuyant les mains sur une serviette.

— Vous voulez dire par le siège ? gémit Julia, au comble de la souffrance.

— Heureusement non, madame, sa tête n'est pas tournée comme elle devrait l'être, et c'est pour cela qu'il n'arrive pas à sortir. Mais ne vous inquiétez pas, je pense pouvoir l'aider.

— L'aider ? répéta Lady Cornwell.

— Oui, madame, répondit Mrs Alder. Lady Julia, je vais essayer de lui faire prendre la bonne position.

— Sauvez mon bébé, supplia Julia.

Mrs Alder commença alors avec des gestes précis et d'infinies précautions à tourner la tête du bébé pour qu'il effectue une rotation sur lui-même. Elle n'était pas certaine d'y arriver, mais sans médecin, elle n'avait pas d'autre choix. Il était maintenant urgent pour la mère et l'enfant que le moment de la délivrance arrive enfin. Au bout d'un moment qui sembla interminable, Mrs Alder décréta que le bébé était désormais prêt à sortir. Il fallait faire vite, elle craignait qu'il n'ait souffert durant la manœuvre et surtout, elle sentait bien que Lady Julia était proche de l'épuisement, au point de ne plus pouvoir pousser le moment venu. Elle fit monter de l'eau chaude et, une fois prête, demanda à Lady Julia – en même temps que la contraction suivante arrivait – de pousser.

Le crâne du bébé cette fois dans la position optimale, et le col parfaitement dilaté firent qu'à la troisième poussée héroïque de Julia, la tête s'engagea complètement. Deux poussées plus loin, elle fut totalement dehors. Le visage du nourrisson était rose, mais il était encore trop tôt pour savoir s'il respirait.

— Allez, madame, encore un petit effort, vous êtes très courageuse.

Julia mit tout ce qu'il lui restait de forces dans une ultime poussée. Mrs Alder réussit à sortir le bébé qu'elle posa sur un linge. D'un geste assuré, elle coupa le cordon ombilical avec des ciseaux qu'on lui avait montés de l'office en même temps que l'eau chaude.

Le bébé Ashford était vif et vigoureux ; il hurla à la minute même où Mrs Alder l'arracha des entrailles de sa mère.

— C'est un garçon, Lady Ashford ! Un magnifique petit homme avec un coffre impressionnant, annonça joyeusement la cuisinière.

— Un garçon, répéta Julia en pleurant autant de joie que de tristesse. Charles, mon chéri, tu as un fils.

Le temps que Mrs Alder fasse une toilette rapide du nouveau-né et qu'elle l'emmaillote pour le donner à Lady Julia, celle-ci avait perdu connaissance.

La liesse dans la chambre fut de courte durée. L'héritier de Longfield allait bien, mais pas sa mère. Lady Julia perdait toujours du sang, beaucoup plus qu'elle n'aurait dû. Mrs Alder comprit vite que sa maîtresse était en train de faire une hémorragie. Elle en avait vu deux dans sa jeunesse quand elle accompagnait sa mère, et les deux pauvres malheureuses en étaient mortes. Ses compétences s'arrêtaient là.

Alma, Lady Cornwell et Mrs Alder étaient en train de céder à la panique quand la porte de la chambre s'ouvrit à la volée sur le docteur McLean. Sans perdre une minute, il prit les choses en main en requérant l'assistance de la cuisinière mais en ordonnant à Alma et à la mère de Julia de sortir.

Lady Cornwell quitta à contrecœur la chambre de sa fille, son premier petit-enfant serré contre sa poitrine. Debout dans le couloir, les jambes en coton, elle adressa une prière au Tout-Puissant :

— Que ce nouveau-né déjà privé de son père ne le soit pas aussi de sa mère.

Chapitre XI

Avant que Jack Murphy n'arrive à la porte, celle-ci vola en éclats. Une brigade entière de policiers était en train de s'engouffrer dans le pub, suivis du docteur Jones qui revenait de son cabinet avec des médicaments et qui ne comprenait pas ce qui passait.

— Qu'est-ce que vous voulez ? Mais qu'est-ce que vous faites ? hurla Jack en tentant de leur barrer le chemin.

— On nous a signalé un meurtre.

— Quoi ? Mais qui êtes-vous ? Où est l'agent Delane ?

— Agent Rigaud. Delane a été relevé de ses fonctions pour corruption, monsieur Murphy. Voilà ce qui arrive à un représentant de la loi quand il fricote avec des petites frappes irlandaises.

Jack, rejoint par ses frères, voulut à nouveau s'interposer, mais les policiers étaient déjà en train de fureter partout. Le nouveau chef de brigade, très sûr de lui, prit la direction de l'étage, Jack Murphy sur ses talons. Sur la première marche de l'escalier, il se heurta à la résistance de Nesto.

— Laissez-moi passer !

— Je ne peux pas. Mrs Murphy ne se sent pas très bien et elle a besoin de repos.

— Vous m'en direz tant… Rien de plus normal, puisqu'on nous a signalé qu'elle avait été assassinée par ses frères ! Allez, écartez-vous ! répéta le policier avec un sourire carnassier. Ou je vous fais embarquer.

— Mais qu'est-ce que c'est que cette histoire ? s'emporta Oliver.

Nesto attendit l'ordre silencieux de Jack avant de s'effacer devant l'agent.

D'un pas lourd mais assuré, l'agent Rigaud se dirigea d'abord vers le bureau où avait eu lieu l'agression. Il y avait encore du sang partout dans la pièce.

— Où est votre sœur ?

— Elle a été agressée pendant notre absence.

— Pendant votre absence…

Will serrait les poings ; il aurait volontiers déchargé sa colère sur ce petit connard de brigadier-chef.

— Je vous le confirme, monsieur l'agent, intervint le docteur Jones.

— Qui êtes-vous ?

— Je suis le docteur Jones. Merry Murphy est dans un état critique, son agresseur l'a rouée de coups. Je ne suis pas certain qu'elle survivra à ses blessures.

— Je peux la voir ?

— Elle est inconsciente.

Ils se dirigèrent jusqu'à la chambre de Merry.

— Vous êtes venus pour constater l'agression ? demanda le médecin.

— Un môme nous a apporté un billet disant que les frères Murphy avaient tué leur sœur.

— C'est absurde, monsieur l'agent. Ils n'auraient jamais levé la main sur elle. Sur ce point, je peux me porter garant de leur innocence.

— Vous semblez les apprécier, docteur…

— J'ai connu des gens bien moins fréquentables.

Contrarié par la réponse du médecin, l'agent Rigaud renifla bruyamment.

— Continuez la fouille ! Ramassez tous les indices que vous trouverez ! brailla-t-il à ses troupes.

En retournant le pub, ils ne mirent pas longtemps à trouver le cadavre de Lacustre caché à la va-vite dans le fût au sous-sol.

— Eh bien, on en fait des découvertes chez vous, s'enthousiasma Rigaud, trop heureux d'avoir trouvé un second os à ronger. Voyez s'il a des papiers !

Il se retourna vers les frères Murphy qui assistaient, impuissants, à la mise à sac de leur pub.

— Qui est-ce ?

— L'agresseur de ma sœur, intervint Will.

— Voilà une explication bien pratique. Si vous pensez vous en tirer comme ça, j'aime autant vous dire que vous vous fourrez le doigt dans l'œil.

Jack intima à ses frères l'ordre de ne plus rien dire.

— Il a reçu un coup de couteau dans la poitrine, monsieur, expliqua l'un des grouillots.

— Vous avez retrouvé l'arme ?

— Non, monsieur.

— Cherchez dans les autres pièces !

Rigaud ne cachait pas son plaisir de voir les Murphy en si mauvaise posture. Le médecin, qui les avait suivis, se sentit obligé de s'en mêler :

— Écoutez, monsieur l'agent, si c'est cette ordure qui a infligé les blessures à Merry Murphy, laissez-moi vous dire que je pense qu'il n'a eu que ce qu'il méritait.

Rigaud se retourna vivement pour le dévisager.

— Eh bien, docteur, laissez-moi vous dire à mon tour que de tels propos sont indignes de sortir de la bouche d'un homme dont la vocation première est de sauver des vies. Mais peut-être êtes-vous plus impliqué dans cette histoire qu'il n'y paraît…

— Il n'a rien à voir avec ça, riposta Will. Nous l'avons envoyé chercher quand nous avons trouvé Merry.

— Alors ? Vous allez vous décider à parler ! Je vois, ces messieurs sont soudainement frappés de mutisme. Je vais vous dire ce que je pense. Je vous crois, docteur, quand vous dites que les Murphy n'ont pas fait de mal à leur sœur. Voilà comment je vois les choses :

cet homme s'en est pris à votre sœur et c'est elle qui l'a tué.

Will allait répliquer quand le médecin l'en empêcha.

— Eh bien, si c'est effectivement le cas, il s'agirait là d'un cas de légitime défense. Et de toute façon, monsieur l'agent, rien ne dit que Mrs Murphy survivra à ses blessures.

Le docteur Jones connaissait suffisamment la fratrie pour savoir que l'un des garçons aurait préféré s'accuser plutôt que de voir Merry partir en prison. Il n'y avait aucune urgence à avouer quoi que ce soit. Si Merry Murphy succombait à ses blessures, autant laisser peser la faute sur elle.

Will fronça les sourcils mais en resta là. Le moment venu, il aurait tout le temps d'avouer à la place de sa sœur.

Comme les frères s'obstinaient à garder le silence, Rigaud perdit patience.

— Bon, ça suffit ! Embarquez-moi cette racaille irlandaise !

— Il faut quelqu'un pour s'occuper de Merry, protesta Will.

— Mon épouse et moi-même resterons avec elle, dit Jones, je vais la faire transporter à l'hôpital. Ne vous inquiétez pas, elle ne sera pas seule.

— Merci docteur, souffla Will.

— De rien, mon garçon. De votre côté, ne faites rien qui ne soit réellement nécessaire. Je vous donnerai des nouvelles demain matin à la première heure.

Rigaud lança un regard acerbe au médecin.

— Il s'en faudrait d'un cheveu pour que vous finissiez au poste, docteur. Prenez garde à ce que vous racontez.

Jones poussa un long soupir.

— Vous pouvez bien me menacer, monsieur l'agent, il n'en reste pas moins que je n'ai absolument rien à voir avec ce qui s'est passé dans ce pub. Et je peux vous promettre que vous aurez toutes les peines du monde à prouver le contraire.

Le quartier entier assista à l'arrestation des trois frères. La rumeur concernant l'agression de Merry se répandit vite parmi les femmes. De bouche à oreille, elle traversa l'East End puis le West End pour arriver enfin le lendemain jusqu'à Brompton Road où Edna était en train de conseiller une cliente.

Un garçon de courses en avait parlé aux manutentionnaires qui avaient relayé l'information à quelques vendeuses qui passaient par là. Parmi le personnel de Harrods, beaucoup connaissaient les Murphy. Leur arrestation était un événement.

En l'apprenant, Edna avait lâché la bouteille de parfum qu'elle tenait à la main.

— Pardon, s'excusa-t-elle auprès de sa cliente.

— Il n'y a pas de mal, et regardez, le flacon est intact. Néanmoins, je vous trouve très pâle, êtes-vous certaine d'aller bien ?

— Oh oui, madame. Que madame veuille bien me pardonner…

— Allons, ce n'est vraiment rien. Vous avez l'air bouleversée, vous devriez peut-être aller boire un verre d'eau ou vous asseoir un instant.

Edna préférait de loin les clientes issues de la bourgeoisie ; elles étaient souvent très gentilles et beaucoup moins méprisantes que les ladies de la haute aristocratie. De surcroît, elles étaient généreuses et ne lésinaient pas sur le montant des pourboires.

La responsable de rayon, qui se rendit compte que quelque chose ne tournait pas rond, fila jusqu'à sa vendeuse.

— Il y a un problème, Edna ?

— Non, mademoiselle Dumbar, répondit-elle en s'inclinant.

— Cette jeune fille me semble un peu pâlichonne. Il ne doit pas être facile d'être debout comme ça toute la journée. Avec ces corsets qui nous empêchent de respirer, chuchota la cliente en se penchant légèrement au-dessus de la vitrine.

L'affable Miss Dumbar lui sourit.

— Vous avez sans doute raison. Edna, voulez-vous monter un instant pour vous rafraîchir un peu ?

— Oh, non, mademoiselle Dumbar, je vous assure que je vais bien.

Edna préférait assurer son poste ; l'ambiance était bonne, mais la concurrence entre vendeuses acharnée. Pour autant, elle brûlait d'en apprendre davantage sur ce qui s'était passé la veille après qu'elle avait quitté Merry.

— Montez un instant, Edna, je vais m'occuper de Mrs Green, dit Miss Dumbar qui connaissait le nom de toutes les clientes importantes de Harrods.

Edna s'exécuta. Les jambes en coton et l'estomac retourné, elle se dirigea vers l'escalier proche du rayon confection où Millicent Laurens, son ennemie jurée, travaillait.

— Alors... On dirait que, cette fois, ton « protecteur » ne va pas s'en sortir sans passer par la case prison.

Edna hésita entre l'envie de déguerpir et celle d'en apprendre davantage.

— De quoi tu parles ?

Si le dragon qui servait de chef de rayon à la confection les apercevait en train de discuter, elles passeraient toutes les deux un sale quart d'heure dans le bureau du chef du personnel.

— Ils ont embarqué tous les frères Murphy, vlan, d'un seul coup ! C'est la moindre des choses après ce qu'ils ont fait à leur sœur.

— Ils n'auraient jamais fait de mal à Merry. Aucun d'entre eux, c'est impossible !

— C'est vrai que tu les connais bien, les frères Murphy...

Il n'était pas difficile de savoir ce qu'elle sous-entendait par là.

— Pas aussi bien que tu as l'air de le penser, Millicent, mais suffisamment pour être certaine qu'ils n'auraient jamais agressé leur sœur.

L'autre renifla avec agacement et Edna préféra en rester là. En montant l'escalier, elle se demanda comment elle pourrait leur venir en aide. Elle décida qu'elle commencerait par se rendre au chevet de Merry après son service ; ensuite, elle aviserait.

Chapitre XII

Le temps s'étirait anxieusement pour les occupants de la maison. Le docteur McLean et Mrs Alder se trouvaient toujours dans la chambre. Le silence avait envahi l'office pendant que, dans le grand salon, on avait cessé de respirer.

Mrs Alder avait courageusement assisté le médecin. S'il avait stoppé l'hémorragie, Lady Ashford n'était pas pour autant sauvée. Le rouge incrustant les draps et le matelas attestait de la gravité de son état.

— Elle a perdu trop de sang, annonça sombrement le médecin.

Mrs Alder blêmit pour la première fois depuis qu'elle avait pénétré dans la chambre.

— Mais vous allez la sauver ?

— Il existe un moyen mais je n'ai pas le matériel avec moi. Et il faudrait tester le sang avant. Il faut la conduire à l'hôpital le plus proche et tenter une transfusion sanguine.

— Une transfusion ?

— C'est un procédé qui requiert tout de même de s'assurer que le sang que nous lui donnerons ne la tuera pas.

Le docteur du village entra en catastrophe.

— Docteur Patrick, se présenta-t-il en se débarrassant à la hâte de son veston qu'il jeta sur une bergère.

Hors d'haleine, il se précipita au chevet de sa patiente.

— Oh ! Mon Dieu ! s'exclama-t-il en découvrant Julia Ashford aussi blême qu'une statue de marbre. Comment va-t-elle ?

— Si nous ne la transfusons pas très vite, j'ai peur qu'elle ne survive pas. Nous devons la conduire à l'hôpital le plus proche.

— Nous sommes à plus d'une heure de route, réfléchit le docteur Patrick. Elle ne tiendra pas, même si nous prenons mon automobile.

Le docteur McLean savait que son confrère avait raison.

— Vous avez une autre idée ?

— J'ai le matériel pour transfuser à mon cabinet. Nous pourrions demander à l'un des membres de sa famille de nous donner du sang. Ses parents sont là.

— Il faudra le tester avant.

— Il y a un moyen, sommaire, certes, mais c'est le seul à notre disposition.

— Dans ce cas, nous n'avons pas une minute à perdre ! décida la docteur McLean.

Moins d'une demi-heure s'était écoulée entre le moment où le docteur Patrick avait prélevé des échantillons de sang aux Cornwell et celui où il était revenu avec un étrange tuyau. Le père de Julia semblait compatible : la mise en contact des deux prélèvements de sang laissait penser que la coagulation restait normale.

Ils installèrent la transfusion à partir d'une des artères de Lord Cornwell. C'était un procédé nouveau et assez dangereux, ils en avaient conscience, mais le seul susceptible de sauver la vie de leur patiente. Relié à son enfant par un étrange boyau translucide, Septimus Cornwell regardait son fluide vital s'échapper de ses veines.

— Est-ce que cela la sauvera ? demanda-t-il.

— C'est la seule solution, confirma le docteur McLean. Si elle s'en sort, vous aurez eu beaucoup de chance.

Votre cuisinière a fait un travail remarquable. Sans elle, le bébé serait probablement mort.

— Vous devriez commencer à prospecter dans les environs pour chercher une nourrice, conseilla John Patrick. Même si nous parvenons à sauver votre fille, elle ne pourra pas allaiter.

Pendant qu'ils discutaient, le visage de Julia reprenait des couleurs. Le docteur McLean s'approcha pour prendre son pouls.

— Il est plus fort et rapide, c'est une excellente nouvelle.

Septimus Cornwell en aurait pleuré de soulagement.

— Vous pensez qu'elle est sortie d'affaire ?

— C'est encore un peu tôt pour nous engager sur un pronostic définitif, mais il est évident qu'elle réagit très bien à la transfusion, lui expliqua le docteur McLean.

— Pourriez-vous prévenir mon épouse ? Je n'imagine même pas dans quel état elle doit se trouver.

— Je descends, proposa le docteur Patrick.

— Oui, je préfère que ce soit vous. Après tout, vous êtes le médecin de famille. Même si je sais parfaitement ce que nous devons à l'intervention du docteur McLean.

Ce dernier baissa sobrement la tête.

— Je vais rester, le temps que vous alliez informer la famille.

— Merci, cher confrère.

— À l'occasion, mon ami, vous m'expliquerez par quel miracle vous possédez un tel matériel, dit le docteur McLean.

Patrick se mit à sourire franchement.

— Je me passionne pour tous les nouveaux procédés médicaux. Ici, nous sommes loin de tout, et je mets un point d'honneur à être à la pointe de toutes les procédures d'urgence.

La famille, réunie dans le salon, patientait. Même Catherine, pour l'occasion, était mutique. En voyant entrer le docteur Patrick, Lady Cornwell s'expulsa littéralement de son fauteuil.

— Alors ?

— Je ne peux rien affirmer mais nous pensons, le docteur McLean et moi-même, que la transfusion se passe au mieux.

— Oh, Seigneur ! Quel soulagement !

— Comment va le bébé ? demanda le médecin en s'approchant du couffin.

— Il se porte bien, il s'est endormi, le petit ange, répondit Lady Cornwell.

— Vous devriez d'ores et déjà vous mettre en quête d'une nourrice, votre fille ne pourra pas l'allaiter.

— C'est déjà fait, Edward s'est rendu chez l'un de ses métayers. Son épouse vient d'accoucher, nous espérons qu'ils accepteront de nous aider.

— Ce serait souhaitable. Vous avez aussi la possibilité d'utiliser du lait en poudre.

— Du lait en poudre ? interrogea Catherine.

— Une invention du Suisse Maurice Guigoz. Il faudra le demander à votre pharmacien.

— Et ce ne sera pas dangereux pour l'enfant ? demanda Lady Cornwell, sceptique.

— Pas du tout. Cette invention a fait ses preuves ces quatre dernières années. Grâce à ce lait, de nombreux nourrissons ont été sauvés d'une mort certaine. Si vous optez pour cette solution, il faudra vous procurer les nouveaux biberons nourriciers. Je vous y aiderai si vous le souhaitez.

— Nous vous devons déjà tant, docteur, souffla Lady Cornwell.

— Sans votre cuisinière et le docteur McLean, votre fille n'aurait pas survécu. Je serais arrivé trop tard.

Lady Cornwell tressaillit.

Mrs Hallister, sur le seuil, les interrompit :

— Pardon, mais à l'office, on demande s'il y a des nouvelles.

Nerveusement, elle tripotait le trousseau de clés du domaine attaché à sa ceinture. Lady Cornwell se leva pour prendre les mains de l'intendante dans les siennes. Surprise, Mrs Hallister eut un léger mouvement de recul.

— C'est nous qui nous excusons de ne pas vous avoir tenus informés, madame Hallister. Pensez-vous que nous pourrions descendre pour partager une tasse de thé avec les domestiques ? Je crois que le jeune Lord Ashford a très envie de faire connaissance avec tous les occupants de cette demeure.

Chapitre XIII

WILL ET SES FRÈRES FURENT INTERROGÉS à tour de rôle par l'agent Rigaud qui, contre toute attente, n'usa pas de la force pour leur extorquer des aveux. La fratrie avait emprunté la même stratégie : le silence. Le docteur Jones avait raison, mieux valait attendre de savoir ce qu'il en serait de la survie de Merry.

Après une nuit sans sommeil, Rigaud entra dans la cellule de Will.

— Bonjour, monsieur Murphy. Bien dormi ?

— Pas plus que vous, rétorqua Will, assis sur son lit, en s'appuyant sur le mur derrière lui.

Le policier s'installa face à lui sur l'unique chaise de la pièce.

— Il ne tiendrait qu'à vous d'écourter tout ceci en me disant ce qui s'est passé.

Will se ferma en croisant les bras.

— Vous ne pouvez pas nous garder indéfiniment ici.

— Nous avons retrouvé un cadavre chez vous, monsieur Murphy. Je peux vous garder enfermé dans cette cellule jusqu'à ce que la lumière soit faite sur ce meurtre.

Will ne répondit pas.

— Il apparaît de plus en plus évident que c'est votre sœur qui a fait le coup.

— Fait le coup ? explosa Will. Vous avez vu dans quel état elle se trouve ? Savez-vous au moins ce qu'il lui a fait ?

Rigaud prit un air ennuyé.

— Tout porte à croire que c'est elle qui a porté le premier coup à son mari, bluffa-t-il.

Mais la ruse ne prit pas.

— Je veux des nouvelles de ma sœur, siffla Will.

Les pauvres manigances de ce flic pour le faire parler étaient pathétiques. Rigaud le retenait sous des prétextes fallacieux alors qu'il aurait dû être auprès de Merry.

— Je vous en donnerai dès que j'en aurai.

— Nous devrions être avec elle.

— Alors, parlez…

Will sourit en se penchant vers Rigaud pour lui faire signe d'approcher comme s'il s'apprêtait à lui faire une révélation.

— Je vous écoute, Will. Soulagez votre conscience.

Voilà qu'il se prenait pour un prêtre, maintenant.

— Si, par malheur pour vous, ma sœur rend son dernier souffle sans l'un de ses frères pour l'accompagner, je peux vous jurer que je vous le ferai payer, agent Rigaud, chuchota Will.

Le regard d'acier du plus jeune des Murphy vint se ficher dans celui du policier. Ébranlé, Rigaud recula.

— Vous menacez un agent de Sa Majesté ?

— Laissez sortir un de mes frères et je vous promets qu'il ne vous arrivera rien, ni à vous ni à votre famille.

Rigaud s'empourpra cette fois en perdant son calme.

— Espèce de petite ordure, je vais te faire rentrer dans le droit chemin, moi ! Tu vas voir !

— Allons, « monsieur l'agent de Sa Majesté », ironisa Will. Vous pouvez bien m'enfermer ici, il n'en demeure pas moins que j'ai une armée d'hommes dehors prêts à obéir au moindre de mes ordres. Laissez sortir Jack et Oliver, et nous resterons bons amis.

Le rictus dominateur affiché par le benjamin des Murphy acheva de faire perdre son sang-froid à l'agent Rigaud. Il se leva rageusement en même temps que son poing s'abattait sur la pommette de Will qui ne tenta même pas d'esquiver le coup.

Will éclata de rire.

— Ma parole ! Vous avez de la guimauve dans le bras ! Allons, Rigaud, vous pouvez certainement faire mieux !

Piqué au vif, l'agent de police préféra quitter la cellule. Avant de sortir, il délivra un ultime message à son prisonnier :

— Je vais te briser, William Murphy.

Edna quitta son travail au pas de course. Elle était pressée de retrouver Merry sans pour autant être certaine qu'on la laisserait la voir. Selon la rumeur, son amie était dans un état extrêmement préoccupant.

L'infirmière à l'accueil lui indiqua la chambre. Il était tard mais on la laissa tout de même entrer. Edna trouva l'épouse du docteur Jones au chevet de Merry. En découvrant la face entièrement tuméfiée de cette dernière, la jeune vendeuse eut un haut-le-cœur. Quel genre de monstre avait bien pu s'en prendre à Merry avec une telle violence ? Elle qui passait son temps à venir en aide aux plus démunis !

— Bonjour, je suis Mrs Jones, l'épouse du docteur.

Elle s'approcha pour tendre la main à la visiteuse.

— Bonjour, madame. Je suis une amie de Merry, Edna... Edna Fallen. Comment va-t-elle ?

Mrs Jones pinça les lèvres.

— Pas très bien, j'en ai peur, mais elle s'accroche.

— Savez-vous ce qui s'est passé ?

— Je n'ai pu apprendre que très peu de choses, mais il semblerait que son mari ait refait surface.

Un frisson parcourut la colonne vertébrale d'Edna. Jimmy, lui aussi, pourrait bien réapparaître un jour.

— Il a réussi à entrer dans le pub alors que sa femme était seule et il a fait ce qu'il a toujours fait...

— Oh Seigneur ! Et où est-il maintenant ?

— Mort ! C'est pour cela que Will, Jack et Oliver sont au poste de police.

— Ils l'ont tué ?

Edna aurait très bien compris qu'ils le fassent. Après tout, ça n'aurait été que justice.

— Eux ou Merry, peu importe. Tout ce qui intéresse la police, c'est de trouver un responsable. Un Murphy, si possible.

— Mais c'est son mari qui a essayé de la tuer ! Alors, il s'agissait de légitime défense ?

Edna ne s'y connaissait pas beaucoup en matière de justice, mais elle avait déjà entendu cette expression.

— C'est en effet possible.

— Donc, elle ne risque rien et ses frères non plus.

— Ma chère petite, avec la justice, il convient d'être prudent... Il y a bien plus d'innocents dans nos prisons que vous ne pouvez l'imaginer.

— Mais je ne comprends pas, protesta Edna.

Mrs Jones soupira bruyamment.

— Vous devriez vous calmer. Les Murphy savent ce qu'ils font. Ils en ont vu d'autres. Tout ce que nous pouvons faire dans l'immédiat, c'est attendre.

— Attendre quoi ?

— Attendre de voir si Merry survivra.

Edna, effarée, comprit le sens des mots de Mrs Jones :

— Pour lui faire porter la faute au cas où elle ne se réveillerait pas.

— Je sais que c'est affreux et injuste, mais compte tenu de la menace qui pèse sur ses frères, il faut aussi l'envisager.

— Comment va-t-elle ? les interrompit Nesto en entrant.

Le cœur d'Edna fit un bond quand elle reconnut sa voix.

— Nesto ! l'accueillit-elle, les larmes aux yeux.

— Bonjour, Edna, répondit-il en rougissant comme un gamin. Ils viennent juste de me relâcher. Ils n'ont rien contre moi. Ce qu'ils veulent, c'est faire tomber les Murphy.

Il retira son chapeau, qu'il posa sur le lit, et s'approcha de Merry pour lui prendre la main.

— Oh, mon Dieu, pauvre Mrs Merry ! Dans quel état ce chien l'a mise ! S'il n'était pas déjà en enfer... Vous êtes ici depuis longtemps, madame Jones ?

— Quelques heures.

— Je suis là, maintenant, si vous souhaitez prendre un peu de repos.

— Je vous remercie, Nesto. J'attends mon mari, il a promis de repasser par l'hôpital après ses visites pour voir comment elle allait. Nous rentrerons ensemble.

— Vous pensez qu'ils me permettront de rester près d'elle cette nuit ?

— Mon mari connaît bien le directeur de l'hôpital, il devrait pouvoir s'arranger pour que l'on vous fasse cette faveur.

— Merci, souffla-t-il. C'est si injuste, c'est sans doute la meilleure personne que j'aie jamais rencontrée.

Si Edna avait encore des doutes sur les sentiments qu'elle portait à Nesto, l'attitude protectrice qu'il afficha ce jour-là envers Merry Murphy acheva de balayer son appréhension et elle prit la décision de ne plus le repousser à l'avenir.

— Vous devriez rentrer chez vous, Edna. Vous n'habitez pas tout près et il se fait tard. Je ne pourrai pas vous raccompagner.

— Je peux rester si vous le souhaitez.

Nesto sourit.

— Je doute que l'hôpital accepte que nous passions tous la nuit dans cette chambre. Et je sais que vous devez vous lever tôt pour travailler. Inutile que vous soyez aussi privée de sommeil. Ne vous inquiétez de rien, je vous ferai porter des nouvelles demain.

— Oui, bien sûr, vous avez raison, Nesto.

Le géant s'empourpra une nouvelle fois en entendant son prénom prononcé avec tant de douceur par Edna.

Le cœur en vrac et l'âme en colère, elle se décida à quitter l'hôpital pour rentrer chez elle. Avant de sortir de la chambre, elle déposa un baiser sur le front de Merry et un autre sur la joue de son protecteur.

— Bonne nuit, lui glissa-t-elle en se reculant.

Déstabilisé par ce geste inespéré, l'homme de main des Murphy formula péniblement quelques paroles incompréhensibles qui amusèrent beaucoup Mrs Jones, assise de l'autre côté du lit.

Chapitre XIV

À Longfield, la nuit avait été courte. La vie de Lady Julia ne tenait qu'à un fil. Le docteur Patrick avait veillé sa patiente jusqu'au petit matin en vérifiant toutes les heures ses constantes.

Edward Ashford, de son côté, avait convaincu l'un de ses métayers de s'installer avec son épouse au domaine afin que cette dernière puisse nourrir le nouveau-né de la famille. Il demanda donc à Mrs Hallister de faire préparer l'une de leurs plus belles chambres. Compte tenu des circonstances exceptionnelles, il avait estimé normal de loger le couple à l'étage, avec la famille.

Cette décision fit grand bruit à l'office. Orson Porter avait protesté en arguant qu'il restait des chambres de bonnes disponibles sous les combles. Il ruminait encore quand Molly Smith, l'épouse du métayer, entra dans la cuisine, son enfant dans les bras.

— Bonjour, lança-t-elle sur le pas de la porte.

Porter s'arrêta net au beau milieu de sa phrase.

— Bonjour, l'accueillit chaleureusement Mrs Alder en s'essuyant les mains sur son tablier. Le petit déjeuner des domestiques sera bientôt prêt.

Mrs Hallister s'approcha de la jeune femme pour caresser la joue de son bébé.

— Il est si mignon.

— Elle, la reprit Molly. C'est une fille.

— Ah, pardon ! C'est vrai qu'à cet âge, il est difficile de les différencier.

— Tous les bébés se ressemblent, grogna Porter.

De toute évidence, le majordome n'affectionnait pas non plus les nouveau-nés.

— Comment se porte le jeune maître ? demanda la cuisinière.

— Il est très vigoureux pour un enfant arrivé trop tôt.

— C'est une heureuse nouvelle, s'enthousiasma Mrs Hallister.

— Avez-vous des nouvelles de Lady Ashford ? demanda la femme du métayer.

— Le docteur a passé la nuit auprès d'elle, nous n'en savons pas davantage à cette heure.

Mark, Alma et le reste du personnel arrivaient au compte-gouttes pour prendre place autour de la grande table.

— Asseyez-vous, l'invita Alma. Vous devez prendre des forces pour nourrir ces deux bébés.

Elles échangèrent un sourire.

— Alors, vous avez vraiment dormi dans l'aile des invités ? demanda Mark.

— Nous avons dit à Mr Ashford que ce n'était pas nécessaire, mais il a beaucoup insisté, répondit-elle en rougissant.

— Et c'était comment de dormir dans une chambre aussi luxueuse ? interrogea Alma.

Molly Smith s'empourpra de plus belle.

— Je n'aurais jamais imaginé qu'une telle chose puisse nous arriver un jour.

— C'est évident ! grinça le majordome.

— C'était un peu comme la lune de miel que nous n'avons jamais eue, Alfred et moi. Enfin, si l'on excepte le fait que toutes les trois heures, j'avais deux petites bouches à rassasier, plaisanta-t-elle.

— Le jeune maître a dormi dans votre chambre ? s'étonna Andy, qui était redescendu après avoir fini d'allumer les feux dans les cheminées de la maison.

— Non, dans une chambre attenante avec Lady Cornwell.

— Elle vous a donc réveillée chaque fois que le bébé avait faim ?

Mrs Alder fit les gros yeux à son aide-cuisinier ; il posait bien trop de questions à son goût.

— Je n'ai pas très bien dormi, vous savez, éluda Molly.

— Allez ! Mangez, vous tous ! ordonna l'intendante. Dieu seul sait à quelle heure ils vont se réveiller.

— Et où est votre mari ? interrogea Mark.

— Parti depuis longtemps. Il faut s'occuper des bêtes au petit matin et il devait faire le trajet jusqu'à la ferme.

— Vous avez été bien gentils de passer la nuit ici, intervint Astrid Cross, la femme de chambre de Lady Catherine. Je suppose que votre époux a dû faire plusieurs miles à pied pour rejoindre votre maison. Mais ça, évidemment, ce n'est pas le problème de ceux d'en haut.

— Mrs Cross, nous nous passerons volontiers de vos commentaires acerbes de bon matin, s'agaça Mrs Hallister.

— Lord Ashford a laissé un cheval à la disposition d'Alfred, annonça simplement Molly Smith.

— Comme c'est généreux de sa part, marmonna Mrs Cross.

— Ne faites pas attention, Mrs Cross a rarement quelque chose de gentil à dire.

Mrs Hallister fusilla du regard la femme de chambre de Catherine qui lui répondit par son habituel sourire sardonique.

La lumière du petit matin filtrait à travers l'épais rideau de la chambre de Lady Ashford. Le docteur Patrick, épuisé, avait fini par s'endormir sur le fauteuil installé près du lit.

Pris d'une angoisse soudaine, il se réveilla en sursaut. Lady Ashford respirait toujours paisiblement. Rassuré, il s'approcha doucement pour prendre son pouls. Il était parfaitement normal ; elle avait passé la nuit. Le plus dur était derrière eux.

Il s'apprêtait à sonner l'office quand il entendit un faible chuchotement.

— Mon bébé…

— Lady Ashford ?

Il se précipita pour lui prendre la main.

— Comment vous sentez-vous ?

— Mon bébé ? supplia Julia.

— Il va très bien. Surtout, soyez rassurée. C'est un petit garçon fort, vigoureux et en excellente santé.

Julia, les larmes aux yeux, passa une main sur son visage émacié.

— Le ciel soit loué, dit-elle d'une voix éraillée.

Le docteur Patrick n'était pas certain qu'il faille remercier le ciel. Ce dernier semblait plutôt s'acharner avec une insistance douteuse sur cette famille.

— Que s'est-il passé ? demanda Julia qui n'avait qu'un vague souvenir de la nuit précédente.

— L'enfant est arrivé trop tôt en se présentant mal. Par malheur, je n'étais pas au village au moment où l'on est venu me chercher et votre beau-frère a dû partir jusqu'à la ville pour trouver un autre médecin.

— Je me souviens de Mrs Alder…

Le médecin baissa la tête.

— En effet, elle était bien présente. Elle a eu les bons gestes, elle a sauvé votre enfant.

Julia tressaillit en comprenant qu'elle avait bien failli le perdre.

— Pourrais-je voir mon bébé ?

Elle grimaça en essayant de se relever pour s'asseoir dans son lit.

— Vous souffrez, devina le médecin.

— Atrocement, j'ai la sensation d'avoir été déchirée.

— Vous n'êtes pas très loin de la vérité. Je vais vous donner un peu de morphine pour vous soulager, mais nous devons vous faire transporter à l'hôpital. Un chirurgien doit vous examiner.

— Je ne veux pas de morphine, je veux voir mon enfant, docteur.

En contemplant le visage de cette jeune mère, le docteur Patrick comprit que Lady Ashford était bien plus courageuse qu'il n'y paraissait.

— Je vais sonner l'office, dit-il en lui souriant. Ils seront si soulagés de vous savoir réveillée.

Le tintement de la clochette sur le mur figea les domestiques attablés dans l'office.

— C'est la chambre de Lady Julia, souffla Mrs Hallister.

Alma s'éjecta de sa chaise tel un diablotin sorti de sa boîte.

— Oh Seigneur ! Faites que ce soit une bonne nouvelle, fit-elle en se signant.

— Hâtez-vous, mon petit, et revenez vite nous dire ce qu'il en est, l'encouragea l'intendante.

Tous la regardèrent sortir avec appréhension.

— Vous pensez que Lady Ashford va bien ? interrogea Andy.

— Il faut l'espérer, mon garçon.

Mrs Alder, postée derrière lui, avait maternellement posé sa main sur l'épaule du jeune homme.

— En tout cas, si c'est le cas, elle le devra à votre intervention, Mrs Alder.

— J'ai sans doute sauvé l'enfant, reconnut Mrs Alder, mais pour ce qui est de Lady Ashford, je n'y suis pour rien. Si le médecin de la ville n'était pas arrivé à temps, je n'aurais rien pu faire.

Mrs Hallister frissonna en entendant ces paroles. Molly s'était déjà levée.

— Je dois remonter. Le bébé ne va pas tarder à réclamer sa tétée et je ne veux pas que Lady Cornwell soit obligée de partir à ma recherche.

— Et puis, on est quand même mieux en haut, ironisa Mrs Cross.

Molly Smith, avant de quitter la pièce, lança un regard plein de pitié à la femme de chambre de Lady Catherine.

— Même dans un jour comme celui-ci, vous n'avez pas la capacité d'être gentille, lui reprocha l'intendante.

— La gentillesse est un luxe que nous, les pauvres, ne pouvons guère nous permettre.

— Nous ne sommes pas pauvres ! protesta Mrs Alder.

— Nous le sommes toujours plus que ceux que nous servons…

— J'ai vraiment hâte que Lady Catherine retrouve un époux, ne serait-ce que pour vous voir quitter cette maison, madame Cross.

— Si vous voulez mon avis, ce n'est pas demain la veille, rétorqua Cross en riant méchamment.

— Non, personne ici ne souhaite votre avis, conclut Mrs Alder en retournant à ses fourneaux.

Alma avait monté les escaliers en courant. Cela ne se faisait pas, mais à cette heure matinale, elle était presque certaine de ne croiser personne. Et surtout, elle était pressée de savoir comment allait sa maîtresse. En arrivant devant la porte de la chambre, elle prit une grande inspiration et entra.

Lady Julia était bien réveillée, aussi blanche qu'une statue de sel, certes, mais vivante. Alma s'obligea à refouler ses larmes de soulagement.

— Bonjour, Lady Julia, dit-elle en faisant une révérence.

— Ma très chère Alma. Quel bonheur de vous voir ce matin.

Alma s'empressa de saisir la main que Julia lui tendait.

— Vous nous avez fait une belle frayeur, madame.

— Je le sais, je m'en excuse, mais c'est terminé maintenant. Je vais bien.

Le docteur Patrick protesta d'un raclement de gorge.

— Vous devez aller à l'hôpital pour qu'un chirurgien vous examine, Lady Ashford.

— Je vous assure, docteur, que je me sens très bien.

Le médecin sourit avec indulgence à sa patiente.

— Vous n'y couperez pas, Lady Ashford.

— Alma, pourriez-vous aller chercher mon bébé ?

— Il est avec votre mère. Je vais lui dire que vous êtes réveillée.

Alma se dirigea vers la sortie non sans se retourner une dernière fois pour jeter un regard sur sa maîtresse. Peut-être qu'enfin le temps du bonheur était venu. Un nouvel héritier pour le domaine et surtout une raison de vivre pour Lady Julia.

La femme de chambre longea le couloir jusqu'à l'aile des invités où elle trouva Lady Cornwell. Manifestement épuisée, elle était assise dans le fauteuil à côté de celui de la nourrice de son petit-fils. Pendant que Molly donnait le sein au jeune Lord Ashford, Lady Cornwell cajolait la petite fille des métayers.

— Pardonnez-moi, madame, les interrompit Alma.

— Julia ? interrogea Lady Cornwell avec anxiété.

Alma fit une révérence.

— Oui, Lady Cornwell. Lady Ashford est réveillée, elle va bien et elle souhaiterait voir son enfant.

— Le ciel soit loué !

La mère de Julia se leva. Subitement, les traces de fatigue avaient quitté son visage. Elle porta le front du bébé des Smith à ses lèvres et le serra contre elle.

— Cela tombe très bien, le jeune lord semble en avoir fini avec son petit déjeuner, annonça Molly Smith.

Elles s'échangèrent les enfants.

— Comment pourrons-nous assez vous remercier pour cette nuit, madame Smith ?

— Vous ne nous devez rien.

— Oh que si ! Nous devons tant de choses à tant de monde… Mais nous en reparlerons plus tard, si vous le voulez bien. Il est temps pour ce petit garçon de faire connaissance avec sa maman.

Chapitre XV

Nesto était libre. C'était déjà ça.

Will, assis sur sa paillasse, fixait le mur. Il espérait recevoir des nouvelles de Merry – encore faudrait-il qu'elles puissent arriver jusqu'à lui. Avec cet agent de police, rien de moins sûr. Dieu seul savait ce qui était arrivé à son prédécesseur, l'agent Delane.

Il entendit des pas dans le couloir et les clés tourner dans la serrure.

— Bonjour, monsieur Murphy, le salua un jeune policier dont le visage lui était familier.

Il n'y avait aucune animosité dans son ton. Il s'avança et posa le plateau sur la minuscule table en bois coincée contre le mur.

— Votre petit déjeuner.

— Merci.

Le jeune homme jeta un regard derrière lui, comme pour s'assurer qu'ils étaient bien seuls.

— J'ai des nouvelles de votre sœur, chuchota-t-il.

Will se redressa.

— Elle est tirée d'affaire. Le médecin a dit de ne plus vous en faire.

Will, soulagé, se passa une main sur le visage.

— Où est passé l'agent Delane ? interrogea-t-il.

— Envoyé dans l'Oxfordshire, je crois.

— Pourquoi ?

— En haut lieu, ils se sont rendu compte qu'il y avait un truc qui ne collait pas entre son salaire et son train de vie…

— Je vois.

Peut-être les Murphy avaient-ils été trop généreux avec Delane.

— Monsieur, je dois vous prévenir. Celui qui le remplace est sacrément remonté contre vous. Il a déjà annoncé à tout le monde qu'il allait vous faire tomber.

— Et pourquoi prenez-vous la peine de me prévenir ? s'étonna Will.

— Pourquoi ?

Le jeune agent réfléchit un moment avant de répondre.

— J'aimais bien l'agent Delane. Quoi qu'ils en disent, c'était un bon policier. Et puis, je sais ce que vous et votre famille faites pour les gens du quartier… pour les gosses des rues, surtout.

Une fois par semaine, Merry Murphy distribuait des repas aux plus démunis.

— Je suis vraiment désolé pour votre sœur.

— Merci… Quel est votre nom ?

— Peter, monsieur.

— Merci, Peter. Vous êtes certain de vos informations ?

— Oui, c'est le docteur Jones en personne qui nous a donné des nouvelles. L'agent Rigaud est allé le faire chercher à l'hôpital.

Will parut se détendre, comme si, soudainement, tout devenait simple.

— Dans ce cas, je sais ce qu'il me reste à faire. Peter, pouvez-vous dire à l'agent Rigaud que je suis prêt à parler ?

L'agent de police fixa Will, interloqué.

— Monsieur Murphy, si vous avouez, l'agent Rigaud fera tout ce qu'il pourra pour vous faire pendre.

Will posa une main sur l'épaule du policier.

— Rassurez-vous, je trouverai bien un moyen d'échapper à la potence.

Peter n'en était pas aussi certain que lui.

— Il y a quelques années, avant que j'entre dans la police, votre sœur m'a donné des repas…

— Je savais que je vous avais déjà vu quelque part, dit Will en souriant.

Peter hésita un moment avant de dire :

— Vous êtes quelqu'un de bien, monsieur Murphy.

— Je vais m'en sortir, Peter, n'ayez pas d'inquiétude.

Peter acquiesça à regret.

— Je monte prévenir l'agent Rigaud.

Will le regarda quitter sa cellule. Quand la porte se referma sur lui, il se rassit sur son lit, dos au mur, et patienta tranquillement.

Dans quelques heures, ses frères seraient blanchis et libres de sortir pour s'occuper de Merry.

Edna n'avait quasiment pas fermé l'œil de la nuit. Elle s'était retournée dans son lit sans parvenir à trouver l'apaisement.

Ce qui venait de s'abattre sur la famille Murphy risquait de changer leur vie à tout jamais. Coincée par son travail, Edna devrait patienter toute la journée avant de pouvoir se rendre à l'hôpital. Elle envisagea aussi d'aller au poste de police sans vraiment savoir ce qu'elle aurait pu y faire. Elle doutait qu'on la laisse voir Will ou l'un de ses frères.

Contrariée, elle se présenta sur son rayon avec une mine de circonstance. Ses traits tirés et son chignon mal fait attirèrent immanquablement l'attention de Miss Dumbar.

— Remontez vous coiffer correctement, rouspéta celle-ci.

— Je suis désolée, mademoiselle.

Miss Dumbar soupira patiemment.

— Je vois bien que quelque chose vous travaille, Edna. Vous pouvez venir m'en parler si vous le souhaitez.

— Merci, mademoiselle, mais ça va aller.

Edna s'inclina brièvement devant sa responsable et fila le plus vite possible à l'arrière pour mettre de l'ordre dans sa coiffure avant que le magasin n'ouvre.

Dans les vestiaires, elle croisa Millicent Laurens qui finissait d'arranger sa tenue devant la psyché.

— Comment peux-tu seulement oser te présenter sur ton rayon avec une tête pareille ! Dire que c'est moi qui aurais dû être affectée à la parfumerie.

Edna, stressée et fatiguée, réprima l'envie de coller une grande gifle à cette petite peste qui, depuis son embauche, lui cherchait des embrouilles avec une insistance malsaine.

— Fiche-moi la paix, Millicent !

— Pauvre Edna, ton petit ami est en prison…

Elle éclata d'un rire faux et le sang d'Edna ne fit qu'un tour. Elle dut prendre sur elle pour garder le contrôle. La situation était suffisamment grave, elle n'avait pas, en plus, besoin de se faire congédier.

— Si c'est de Will Murphy que tu parles, ce n'est pas mon petit ami.

Millicent lui jeta un regard en biais.

— Ce sera une chance s'il ne t'a pas déjà mise enceinte. Mère abandonnée par son mari, et avec un bâtard de pendu en prime…

« Pendu. » Edna n'entendit pas le reste du discours ordurier de Millicent. Elle blêmit et dut s'asseoir, sous le choc. À aucun moment, elle n'avait envisagé un dénouement aussi sinistre.

L'autre se pencha sur elle pour lui susurrer à l'oreille :

— Et je vais m'employer de toutes mes forces à te faire sortir de ce magasin pour toujours et récupérer la place que tu m'as prise.

Edna, en levant la tête, prit de plein fouet le regard brûlant de haine de Millicent.

— Je peux savoir ce qui se passe, ici ? demanda Miss Dumbar en entrant dans la pièce.

— Rien, mademoiselle, répondit Millicent en s'éclipsant vers la sortie.

La responsable du rayon parfumerie s'avança jusqu'à sa vendeuse.

— Vous êtes souffrante, mon petit. Voulez-vous voir un médecin ?

— Non, mademoiselle. Pardonnez-moi. Je vais mieux.

Edna se leva en serrant les poings. Elle devait se ressaisir, elle se devait d'être forte. Elle tiendrait son poste. Et surtout, elle commença à réfléchir à un moyen d'aider Will – dans l'éventualité où il en aurait besoin.

Pour l'heure, avec l'aide de la maternelle Miss Dumbar, elle arrangea sa chevelure, lissa les pans de sa jupe et, forte de cet élan, se lança à la conquête de cette nouvelle journée.

Les clés tournèrent de nouveau dans le verrou de la lourde porte en métal. Will n'eut même pas un regard pour l'homme qui se tenait devant l'entrée.

— Alors, Murphy, il paraît que vous avez des révélations à me faire...

Rigaud jubilait.

— Avant, vous relâchez mes frères.

— Vous pensez être en position de négocier ?

Will leva pour la première fois son regard sur l'agent de police. Patiemment, il alluma une cigarette.

— Vous pensez que je ne le suis pas, agent Rigaud ?

— C'est vous qui êtes enfermé ici.

— Mais vous ne pourrez pas nous garder indéfiniment. Je me trompe ? Et si aucun de nous ne parle, les choses vont devenir bien compliquées pour vous, n'est-ce pas ?

— Nous avons retrouvé un homme mort chez vous, Murphy.

— En effet, mais vous n'avez aucune idée de ce qui s'est passé et aucune preuve non plus. Laissez sortir mes frères et j'avouerai.

— Encore une fois, vous n'êtes pas en position de négocier.

— C'est à vous de voir. Vous pouvez vous entêter à essayer de nous faire tous condamner ou accepter ce que je vous offre, c'est-à-dire ma culpabilité sur un plateau d'argent.

Will crachait des volutes de fumée, l'arrière du crâne appuyé contre le mur, en narguant ostensiblement l'agent Rigaud.

— C'est à prendre ou à laisser…

Ébranlé, Rigaud remonta jusqu'à son bureau à l'étage. Il n'ignorait pas le talent des Murphy en matière de bluff mais l'homme de haute stature qui attendait dans le hall du poste l'aida à se décider. L'avocat des frères exigeait de voir ses clients. Rigaud avait en horreur les avocats ; ces types-là avaient une fâcheuse tendance à contrecarrer ses projets.

— Allez me chercher Will Murphy, grogna-t-il à l'un de ses subordonnés. Et faites patienter l'avocat.

Quelques minutes plus tard, Will était dans la salle d'interrogatoire, en train d'avouer le meurtre de Herbert Lacustre. Il avait simplement attendu que Rigaud signe devant lui l'ordre de remise en liberté de ses frères.

Fraîchement libérés, Jack et Oliver forcèrent le passage jusqu'à la salle d'audition où Will, une cigarette entre les lèvres, patientait sereinement.

— Qu'est-ce que tu as fait ? s'enflamma Jack.

Will se leva pour aller au-devant de ses frères.

— Ne t'inquiète pas, tout se passera bien.

— Tu viens d'avouer un meurtre ! Comment les choses pourraient-elles bien se passer avec toi qui risques de monter sur l'échafaud ? Nom de Dieu, Will ! Tu as pensé à Merry ?

— Justement, je n'ai pensé qu'à elle.

Oliver s'interposa entre ses frères.

— Du calme, Jack. Je comprends très bien pourquoi il a fait ça, j'y ai pensé aussi.

Oliver prit Will par les épaules.

— Je sais que tu te sens responsable de ce qui est arrivé, mais tu as tort. Maintenant, il faut qu'on trouve le moyen de te sortir de là.

— Occupez-vous de Merry, coupa Will.

L'avocat avait assisté à l'échange sans intervenir. Il connaissait bien cette famille qui avait la particularité de cumuler des valeurs aussi répréhensibles que louables. Un bien étrange mélange des genres, à y regarder de plus près. La quasi-totalité de sa clientèle était composée de truands de tout poil, mais il devait reconnaître que les Murphy sortaient du lot. À force de les côtoyer, il avait même fini par les apprécier.

Rigaud, encore dans le couloir, se précipita dans la pièce.

— Vous n'avez pas le droit de parler au prisonnier ! beugla-t-il.

Jack Murphy sortit de la salle d'interrogatoire sans opposer de résistance. Il en profita pour bousculer Rigaud qui piétinait de frustration.

— Qu'est-ce que vous vous êtes dit ? hurla le policier en attrapant le col de Jack.

Ce dernier, dans un calme menaçant, prévint Rigaud :

— Ne me touchez pas.

Le policier relâcha aussitôt son emprise. L'aîné des Murphy avait quelque chose de terrifiant dans le regard. Maître Atlea, sa sacoche sous le bras, se décida à intervenir :

— Je dois parler avec mon client.

— Pas maintenant, grogna Rigaud. Je n'ai pas fini d'interroger le suspect.

— Vous ne pouvez pas vous opposer à ce que je discute avec Mr Murphy, insista l'avocat. Mon client a des droits.

— Les meurtriers n'ont aucun droit ! rétorqua Rigaud, de plus en plus agité.

— Mais que se passe-t-il, ici ?

L'inspecteur en chef du poste de police, alerté par le raffut, venait vers eux.

— Maître Atlea ? Que faites-vous là ?

— Je dois parler à mon client et votre agent semble bien décidé à faire obstruction.

L'inspecteur Montgomery tenait en haute estime les membres de l'aristocratie, et maître Atlea était un cousin éloigné du comte de Pembrock.

— Agent Rigaud, veuillez laisser ces messieurs s'entretenir.

— Mais chef…

— Allez-vous discuter mes ordres ? Vous venez tout juste d'être affecté ici, je ne saurais trop vous conseiller de faire profil bas avec moi. Et où est le détective Orwell ? Comment se fait-il que ce soit vous qui conduisiez les interrogatoires ?

— Il est souffrant.

— Je vois, mais ce n'est pas une raison pour outrepasser vos fonctions, Rigaud.

— Oui, inspecteur chef.

Frustré, Rigaud se retira pour laisser Will et son avocat discuter.

Maître Atlea ne cacha pas son inquiétude à son client. Le benjamin des Murphy était dans de sales draps, mais l'avocat avait bon espoir de pouvoir s'appuyer sur les circonstances de l'agression de Merry qui, peut-être, inciteraient un jury à la clémence.

Chapitre XVI

Le bébé endormi dans les bras, Lady Cornwell poussa doucement la porte de la chambre de sa fille.

— Lady Cornwell, l'accueillit le docteur Patrick.

— Bonjour docteur, murmura-t-elle pour ne pas réveiller l'enfant.

Elle porta son regard en direction de sa fille, assise dans son lit, en se retenant de pleurer.

— Bonjour, ma chérie.

— Maman, dit faiblement Julia.

— Et voici le jeune Lord Ashford.

Julia tendit les bras en direction du petit être endormi.

— Oh mon Dieu, quel amour ! s'extasia-t-elle. Il a l'air si fragile.

— Il est en excellente santé, assura le médecin.

— Oui, je l'espère, marmonna Julia en portant le front du bébé à ses lèvres.

La porte s'ouvrit vivement, découvrant Lord Cornwell et Edward Ashford encore en peignoir.

— Veuillez excuser nos tenues, dit Lord Cornwell, mais il semble que cette atroce nuit nous ait fait perdre tout sens des convenances.

— Je comprends très bien, je ne suis d'ailleurs pas très présentable non plus, répondit le médecin en riant.

Une bonne humeur contagieuse envahit la pièce.

— Vous devriez prendre un peu de repos, docteur, l'encouragea Lord Cornwell en rejoignant son épouse au chevet de sa fille.

— Mon confrère de la ville ne devrait plus tarder. Il a dit qu'il reviendrait au petit matin en automobile. Et vous, Lord Cornwell, vous sentez-vous bien ? La transfusion ne vous a pas trop fatigué ?

— Je vais parfaitement bien, merci. Nous vous devons tant, à vous et au docteur McLean.

— Et à Mrs Alder, dit Julia.

— Oh oui, cette sainte femme, déclara Lady Cornwell comme chaque fois que l'on évoquait le nom de la cuisinière de Longfield.

— Je sais qu'elle doit être très occupée, mais pourriez-vous lui demander de monter ?

Julia voulait remercier la personne qui avait sauvé la vie de son enfant. Cette même personne qui s'était déjà mise en quatre pour lui redonner le goût de vivre avec des croissants. Elle sourit à ces instants qui lui semblaient pourtant déjà si lointains. Si elle l'avait pu, elle serait descendue à l'office pour serrer dans ses bras Mrs Alder, mais son ventre la faisait terriblement souffrir et elle n'était pas certaine de pouvoir se tenir debout.

— Je vais la chercher, annonça Lady Cornwell.

— Vous ne pouvez pas descendre à l'office dans cette tenue, très chère Sophia, objecta Edward. Je vais y aller.

— Edward, je tiens à descendre moi-même, insista Lady Cornwell. Aujourd'hui est un jour spécial, personne ne s'offusquera de ma tenue, je pense.

— Excepté notre majordome, réfléchit tout haut Edward.

Julia pouffa en imaginant Porter croiser sa mère en robe de chambre dans l'office.

— Oh oui, mère, Porter va faire une syncope, c'est sûr. Seigneur, ne me faites pas rire, cela réveille la douleur, supplia-t-elle tout en essayant de se contenir.

Son fou rire se communiqua vite à toute à la chambre.

— Bon, je descends, finit par annoncer Lady Cornwell. Je vous raconterai comment cela s'est passé. J'espère que nous n'allons pas perdre le majordome de Longfield à cause d'une telle histoire.

— S'il fait un malaise, rappelez-vous que je suis encore là, intervint le docteur Patrick.

— Merci docteur, plaisanta Lady Cornwell en quittant la chambre.

Elle descendit le grand escalier pour se diriger vers la porte dérobée menant à l'entresol. Sur le chemin, elle croisa Cross, la femme de chambre de Lady Catherine, qui la détailla de la tête aux pieds avec une mine profondément révoltée.

— Madame a-t-elle besoin de quelque chose ?

— Non, Cross, je vous remercie, je descends simplement chercher Mrs Alder.

— Mais je peux m'en charger, madame.

— Je tenais à le faire moi-même, Cross.

Lady Cornwell se méfiait de cette femme de chambre qui arborait en permanence une expression méprisante et le même air supérieur que sa maîtresse. Il fallait bien reconnaître que Lady Catherine et elle s'étaient parfaitement trouvées.

Cross recula dans l'escalier pour laisser passer Lady Cornwell, non sans continuer à analyser sa tenue avec un air affligé qui déclencha de nouveau une terrible envie de rire chez la mère de Julia.

— Madame souhaite-t-elle que je l'y conduise ?

— Merci, Cross, mais je pense arriver à trouver mon chemin toute seule.

Lady Cornwell déboucha enfin sur la cuisine où Mrs Alder s'activait en chantonnant. *Quelle femme charmante,* se dit-elle en la voyant les mains dans la farine.

Elle l'observa un moment avec tendresse avant de s'annoncer :

— Bonjour, madame Alder.

Cette dernière s'arrêta brusquement de pétrir sa pâte pour se figer dans une posture de garde-à-vous.

— Bonjour, madame. Je suis désolée, je ne suis pas très présentable, ronchonna-t-elle en essayant de s'essuyer les mains.

— Vous l'êtes toujours plus que moi, fit remarquer la mère de Julia.

Mrs Alder, se gardant bien de faire la moindre réflexion, se contenta de lui sourire.

— Que puis-je faire pour vous, madame ?

— Lady Julia souhaiterait vous voir.

— Voudrait-elle commander quelque chose de spécial pour le déjeuner ?

— Elle veut vous remercier d'avoir sauvé son fils, l'interrompit Lady Cornwell en se rapprochant d'elle.

Porter fit irruption dans la cuisine.

— Mais qu'est-ce...

Il s'étrangla avant d'avoir achevé sa phrase. La bouche ouverte, il fixait, horrifié, Lady Cornwell en robe de chambre vaporeuse et les cheveux lâchés.

— Tout va bien, Porter, remettez-vous, plaisanta Lady Cornwell.

— Oui, madame, dit-il en s'inclinant légèrement. Que puis-je faire pour madame ?

— Rien, Porter. Je venais chercher Mrs Alder, ma fille souhaite la remercier.

— Oui, bien sûr, madame, acquiesça le majordome en reculant vers le fond du couloir pour laisser les deux femmes seules.

— Vous pensez qu'il s'en remettra ? demanda Lady Cornwell à la cuisinière en riant.

— Je ne pourrais en jurer.

Elles remontèrent l'escalier côte à côte telles deux complices, satisfaites de leur plaisanterie.

La chambre était pleine de monde, un peu trop au goût du docteur McLean qui revenait de la ville.

— Eh bien, que d'agitation, constata-t-il en entrant.

— Bonjour cher confrère, l'accueillit le docteur Patrick, tout sourire.

Il y avait comme un air de fête dans la pièce.

— Docteur McLean !

Lord Cornwell vint à sa rencontre pour lui serrer chaleureusement la main.

— Quel bonheur de vous revoir ce matin ! Comment pouvons-nous vous témoigner notre immense gratitude ?

— Je n'ai fait que mon travail, Lord Cornwell.

— Vous l'avez merveilleusement bien fait, dans ce cas, intervint Lady Cornwell, le regard empli de reconnaissance.

Le docteur McLean était davantage habitué à une clientèle de bourgeois que d'aristocrates, et, pour tout dire, les manières ampoulées de ces derniers le mettaient mal à l'aise. Il était venu pour s'enquérir des nouvelles de sa patiente, et il se retrouvait au beau milieu d'un tourbillon de mondanités auxquelles il aurait préféré échapper.

— Comment se porte Lady Ashford ? demanda-t-il en forçant un peu le passage jusqu'au lit de celle-ci.

— Je vais bien, docteur.

— Je voudrais vous voir en privé si cela est possible, madame, dit-il sur un ton volontairement austère.

Il comprenait l'enthousiasme de la famille mais Julia Ashford était passée à un cheveu de la mort. Si eux l'oubliaient, lui, en tant que médecin, ne pouvait l'ignorer.

— Oh docteur, votre confrère, le docteur Patrick, a déjà examiné ma fille. Elle va parfaitement bien, dit Lady Cornwell, de plus en plus guillerette.

Le docteur McLean posa un regard sévère sur la mère de Julia.

— Madame, je ne veux en aucun cas vous paraître discourtois mais j'insiste pour être seul un moment avec votre fille.

Il était si catégorique que Lady Cornwell en perdit un instant son sourire.

— Très bien, docteur.

— Ainsi, nous pourrons nous habiller, très chère, argumenta Lord Cornwell.

— Il serait grand temps, en effet, confirma son épouse en prenant le bébé des bras de sa fille.

La famille Cornwell s'apprêtait à sortir, ainsi qu'Edward, le docteur Patrick et Mrs Alder, quand le docteur McLean les retint quelques minutes de plus.

— Attendez un instant, s'il vous plaît.

Tous s'arrêtèrent devant la porte pendant que McLean farfouillait dans sa sacoche en cuir.

— J'ai apporté cela pour le jeune lord.

Il tenait entre ses mains un étrange contenant en verre, long et plat, et une boîte en métal.

— Vous avez trouvé du lait en poudre ? comprit aussitôt son confrère.

— Je suis passé à l'hôpital avant de me rendre à Longfield. Il faudra bien sûr commander d'autres boîtes de lait, mais cela devrait vous permettre de tenir jusque-là.

— Du lait en poudre ? interrogea Mrs Alder avec curiosité.

— Cette poudre remplace le lait de la mère et ceci est un biberon, dit le docteur McLean en tendant l'étrange objet à la cuisinière.

— C'est merveilleux, s'enthousiasma-t-elle.

— Êtes-vous certain que ce ne sera pas dangereux pour l'enfant, docteur ? demanda Lady Cornwell.

— Ce procédé existe depuis maintenant plusieurs années et il a sauvé nombre d'enfants, madame. Le lait est assez cher mais j'ai supposé que ce ne serait pas un problème pour vous.

— Et vous avez eu raison, approuva Lord Cornwell.

— Je pourrai nourrir mon enfant toute seule ? demanda Julia, pleine d'espoir.

L'idée de laisser cette tâche à une autre femme lui était insupportable.

— Oui, madame, j'ai pensé que vous préféreriez cette solution.

— C'est le cas, docteur McLean, confirma Julia.

— Le docteur Patrick, j'en suis certain, connaît parfaitement le fonctionnement des biberons. Pourriez-vous expliquer à Mrs Alder comment elle doit s'y prendre pour en préparer un le temps que j'examine notre patiente ?

— C'est une excellente idée, affirma le docteur Patrick.

— Mrs Alder fera de merveilleux biberons, j'en suis certain, conclut le docteur McLean. Vous auriez aussi fait une parfaite infirmière, madame. Je tenais à vous féliciter pour votre immense sang-froid. Vous avez joué un rôle crucial dans les événements d'hier.

La cuisinière s'empourpra jusqu'à la racine des cheveux.

— Oh, vous exagérez, docteur, balbutia-t-elle.

— En aucune façon, et tout le monde ici présent le sait tout autant que moi, insista-t-il.

Ils quittèrent la chambre sur ces dernières paroles, laissant seuls le docteur McLean et Lady Julia.

— Comment vous sentez-vous ?

— Fatiguée, et j'ai des élancements terribles dans le bas-ventre.

— Cela n'est guère étonnant. Je vais devoir vous examiner.

— Le docteur Patrick l'a déjà fait.

— Vous a-t-il examinée à l'endroit où vous souffrez ?

Julia rougit. Cet homme allait-il fourrager dans son intimité ?

— Non, répondit-elle du bout des lèvres.

— Je suis navré, Lady Ashford, mais je dois m'assurer que tout va bien de ce côté-là…

Julia déglutit péniblement pendant qu'elle repoussait les draps sur le côté du lit.

— Je suppose que c'est nécessaire.

— En effet, Lady Ashford, je dois m'assurer qu'il n'y a ni saignement, ni gonflement, ni infection.

— Et cela m'évitera une visite à l'hôpital ?

Le docteur McLean s'amusa de la réflexion de sa patiente.

— J'ai bien peur que non, madame. Comprenez-moi bien, je ne suis pas chirurgien, j'ai quelques notions tout au plus et je voudrais être certain d'avoir fait les choses correctement.

— Je comprends parfaitement bien, docteur.

Il se lava les mains, retourna auprès de Lady Julia et s'assit sur le bord du lit.

— Je vais commencer l'examen, je vais tenter d'être le plus délicat possible, mais si je vous fais mal, dites-le-moi.

Julia donna son accord d'un signe de tête.

Quelques minutes plus tard, le docteur McLean repoussa lui-même les couvertures sur les jambes de Julia.

— Cela m'a l'air très bien.

— Je vais bien, docteur ?

— Aussi bien que possible après une telle épreuve.

Julia poussa un soupir de soulagement.

— Vous allez pouvoir vous laver, mais attention : l'eau ne doit pas être trop chaude pour ne pas favoriser les saignements. Vous devrez aussi éviter les bains pendant quelques jours. Et bien sûr, nous devrons nous faire confirmer le diagnostic par un chirurgien obstétricien.

— Je suis sûre que tout ira bien, maintenant.

Le docteur McLean retourna se laver les mains puis les sécha consciencieusement sur un linge propre.

— Je dois tout de même vous informer d'une chose, Lady Ashford.

— Je vous écoute, répondit Julia, soudain alertée par son ton grave.

— Je n'en suis pas certain, Lady Ashford, mais il est possible que votre anatomie ait été endommagée de manière irrémédiable.

Julia encaissa le coup.

— Vous voulez dire que je ne pourrai plus jamais porter d'enfant ?

— Encore une fois, rien n'est sûr, mais vous avez beaucoup souffert durant cet accouchement. Et votre corps a été durement éprouvé.

— Le chirurgien pourra-t-il m'en dire davantage ?

— C'est probable, encore que je n'en sois pas certain.

Julia jeta un regard sur la place vide à côté d'elle.

— Ne vous inquiétez pas de cela, docteur. De toute façon, mon époux est mort et je n'ai pas l'intention de me remarier.

Le docteur McLean lui sourit. Il s'était pris d'affection pour cette jeune veuve.

— Vous avez encore de belles années devant vous, qui sait ce que la vie vous réserve ?

— Je ne pourrai jamais aimer un autre homme que Charles, murmura-t-elle.

Pourtant, tandis qu'elle prononçait ces mots, le visage de Will Murphy s'afficha clairement dans son esprit.

Chapitre XVII

Les choses s'activaient du côté du pub des Murphy. Oliver était déjà sur le pied de guerre, envisageant toutes les solutions possibles pour faire sortir son cadet de prison. L'image de Will derrière les barreaux le rendait fou.

Après avoir tenu une réunion de crise avec leurs hommes de main et fait une rapide toilette, Jack et Oliver partirent pour l'hôpital où ils furent accueillis par Mrs Jones.

Merry était réveillée mais arborait une balafre le long de la joue et son œil droit était tellement gonflé qu'elle ne pouvait pas l'ouvrir.

— Merry !

Jack se précipita sur sa sœur pour la serrer dans ses bras. Il s'arrêta en plein élan en se souvenant que celle-ci devait être aussi fragile que du cristal de Baccarat.

— Jack, croassa-t-elle.

Son mari lui avait comprimé la trachée avec une telle violence qu'elle doutait de retrouver un jour l'usage normal de sa voix.

— Comment tu te sens ?

Merry réprima un sanglot. Que pouvait-elle bien répondre à son frère ? Qu'elle se sentait sale, outrageusement et désespérément sale, et qu'elle le serait pour le restant de son existence ?

Oliver serra les poings en voyant à quel point sa sœur luttait pour cacher sa souffrance. Elle continuait à les protéger, alors qu'ils avaient échoué à la mettre en sécurité. Une colère furieuse s'immisça dans son cœur, et il aurait donné cher pour noyer son amertume dans une bouteille de whiskey.

— Je vais m'en remettre, chuchota Merry sans oser croiser le regard de son frère.

Elle avait tellement honte.

— Elle a de nombreux os brisés, son poignet est fracturé et elle est contusionnée à divers endroits mais aucun organe vital n'a été touché, expliqua l'épouse du docteur Jones.

— Le chien ! s'emporta Jack.

Merry jeta un coup d'œil en direction de la porte de sa chambre.

— Où est Will ?

Elle tenta de se relever mais retomba aussitôt en arrière sur les coussins. Oliver et Jack échangèrent un regard.

— Quoi ? Que se passe-t-il avec Will ? insista Merry qui ne connaissait que trop bien ses frères.

— Écoute, tu ne dois pas t'inquiéter, commença Oliver en s'approchant de son lit.

— C'est quand tu dis ça que je m'inquiète, Oliver ! Où est Will, bon sang ?

Oliver soupira. Sa sœur, malgré tout, gardait un semblant de combativité.

— Nous avons tous été embarqués après...

Il cherchait ses mots. Comment qualifier ce qui s'était passé ce jour-là ?

— Oui, et ils vous ont relâchés, compléta Merry. Ils savent que si j'ai poignardé Herbert, c'était de la légitime défense.

— Tu n'as poignardé personne, dit Oliver.

— Bien sûr que si ! répliqua-t-elle avec un regard atterré. Nom de Dieu, Oliver, qu'est-ce que vous avez fait ? Où est Will ?

— Pour le moment, il est encore en prison, avoua péniblement Oliver.

— Il s'est accusé, c'est ça ? devina-t-elle.

Cette fois, elle n'arrivait plus à contenir ses larmes.

— C'est stupide ! Herbert a essayé de me tuer, je me suis défendue, c'est tout. Le seul coupable, c'est ce porc !

— Calme-toi, Merry, s'il te plaît. On va faire sortir Will.

— Je veux voir un officier de police tout de suite ! s'enflamma-t-elle. Je vais lui dire ce qui s'est vraiment passé.

— Allons, ma chère, essayez de rester tranquille, dit Mrs Jones. Dans votre état, vous ne devriez pas vous agiter...

— Rester tranquille ? Alors que mon petit frère est en prison ?

— Merry ! Will sait parfaitement ce qu'il fait !

— C'est ridicule, marmonna-t-elle, épuisée.

Le moindre effort la terrassait.

— Tu ne dois t'inquiéter que de guérir. Nous, on va s'occuper de faire sortir Will, assura Jack.

— Pourquoi il s'est accusé ? Je ne comprends toujours pas.

— Sans doute pour t'éviter d'affronter un procès après ce que tu as enduré, dit Oliver.

Jack resta silencieux. Mrs Jones, qui était restée neutre jusque-là, pensa qu'il était temps pour elle de clarifier les choses.

— Ou peut-être qu'il voulait tout simplement vous éviter la prison.

— Que voulez-vous dire ? interrogea Merry, de plus en plus contrariée et perdue.

— Je veux dire que vous ne seriez pas la première à avoir tué son mari en tentant de se défendre.

Mrs Jones marqua une pause.

— Et malheureusement, il arrive qu'elles soient tout de même condamnées à des peines de prison. C'est d'ailleurs presque toujours le cas... Et je suppose que votre frère ne l'ignore pas.

— Alors ils ont tous les droits et nous aucun ?

— J'ai bien peur que le chemin soit encore long concernant ce sujet, déplora l'épouse du docteur.

— Ce n'est pas une raison pour que mon frère paye à ma place, conclut Merry.

— Ne t'occupe pas de ça pour le moment. On se charge de Will. Toi, tu dois te remettre sur pied le plus vite possible.

— Vous me surprotégez, les garçons. Tout ceci est de ma faute. Si seulement je t'avais écouté, Jack...

Jack se rapprocha de sa sœur. Elle faisait référence à l'horrible dispute qu'ils avaient eue au sujet de Lacustre. Il avait senti que ce type n'avait pas grand-chose de différent de leur propre géniteur. Violent, bagarreur, et franchement déjà trop porté sur la bouteille alors qu'il n'était encore qu'un tout jeune homme.

Il avait vu d'un mauvais œil cette union et s'était inquiété du départ de sa sœur dans un broyeur d'âmes comme Londres. Malheureusement, tout ce qu'il avait prédit à Merry s'était produit avec une exacte justesse.

— Arrête, Merry, le seul responsable, c'est l'ordure qui t'a expédiée sur ce lit d'hôpital. Repose-toi maintenant. Nous devons te laisser pour voir l'avocat, mais nous repasserons tout de suite après, promit-il, mortifié de devoir abandonner le chevet de sa sœur si vite.

— Oh Seigneur ! Will... sanglota Merry.

— Allons, mon petit, faites confiance à vos frères, ils savent ce qu'ils font, l'encouragea Mrs Jones.

Comment Merry aurait-elle pu être confiante en sachant que la vie de son frère était désormais entre les mains incertaines de la justice britannique ?

Le rendez-vous avec l'avocat ne permit pas à Oliver et à Jack d'apaiser leurs craintes. Leur frère avait avoué. Ils espéraient néanmoins que la terrible agression de Merry pourrait infléchir le verdict en faveur de Will. Après tout, son geste pour sauver la vie de sa sœur, s'il n'était pas excusable, était au moins compréhensible. De plus,

Herbert Lacustre était entré par effraction dans le pub des Murphy en arrachant la porte de derrière avec un pied-de-biche. La justice anglaise, plus que tout autre chose, détestait que l'on s'en prenne à la propriété individuelle. Maître Atlea espérait que ce serait un argument de plus pour la défense.

— Vous êtes en train de nous dire que le fait que Lacustre se soit introduit chez nous sans y être invité est plus grave que ce qu'il a fait subir à Merry ? demanda Oliver, qui n'était pas certain d'avoir bien compris le jargon de l'avocat.

— J'en ai bien peur.

— Il l'a violée et l'aurait tuée si elle ne lui avait pas enfoncé ce coupe-papier dans la poitrine ! s'énerva Jack.

— Je suis d'accord avec vous, messieurs, mais ils étaient toujours mariés.

— Nom de Dieu ! Mais qu'est-ce ça vient faire là-dedans ?

Oliver s'était levé de sa chaise et arpentait la pièce de long en large en tentant de se calmer.

— Inutile de vous mettre dans cet état, monsieur Murphy. Les choses sont ainsi, et ce n'est pas en vous insurgeant de la sorte qu'elles changeront, tempéra l'avocat.

— Ne vont-ils pas dire que Lacustre rentrait chez lui ? interrogea Jack.

— Votre sœur n'est pas propriétaire du pub. Donc il s'est introduit chez vous, pas chez sa femme, et je vous rappelle qu'il a fracturé une porte pour cela.

Oliver se rappela que Will avait insisté pour que Merry ne fasse pas partie des propriétaires. Elle était en revanche leur légataire universelle et devait hériter de leurs parts s'il arrivait quoi que ce soit à l'un d'entre eux. Il comprenait maintenant mieux pourquoi son plus jeune frère avait choisi cette option.

— Quelles sont les chances pour que notre frère sorte de prison ? interrogea Jack.

— Il sortira. La question est de savoir au bout de combien d'années.

— Années ! se pétrifia Oliver.

L'avocat prit une mine de circonstance.

— Il prendra les années à la place de votre sœur et il en est parfaitement conscient. Dieu seul sait pourquoi, mais il estime que ce qui est arrivé à Merry est entièrement sa faute, expliqua-t-il en haussant les épaules.

Oliver se frottait la mâchoire nerveusement.

— Combien ?

— Entre dix et quinze ans... Peut-être moins, si je suis très bon.

Les deux frères sortirent du bureau de l'avocat profondément abattus. Will perdrait au moins dix ans de sa vie dans une prison pour un meurtre qu'il n'avait pas commis et pour un porc qui, de toute façon, ne méritait pas de vivre.

Au moins leur frère était-il à l'abri de la corde. Du moins, c'était ce que pensait maître Atlea. Mais ce dernier était à des lieues d'imaginer ce que tramait le fourbe agent Rigaud.

Chapitre XVIII

Le chirurgien de l'hôpital avait confirmé les craintes du docteur McLean. Julia ne pourrait plus enfanter. Il avait aussi salué l'incroyable travail de ses confrères qui avaient réalisé « un véritable miracle » en la sauvant. En constatant à quel point cet éminent docteur s'étonnait de la survie de sa fille, Lady Cornwell s'était décomposée sur son siège.

Le trajet de retour jusqu'à Longfield fut long et pénible pour Julia. Elle souffrait toujours, et surtout, elle se languissait de son enfant. La famille avait mis une annonce pour trouver une nanny mais la jeune Lady Ashford ne semblait pas encline à confier son fils à une autre.

— C'est l'usage pour les femmes de notre condition, argumenta Lady Cornwell.

— Je le sais, mère. Mais peut-être que « les femmes de notre condition » ont toujours leur mari, qu'elles n'ont pas failli perdre leur enfant ni mourir en couches.

Lady Cornwell allait répliquer, mais elle se ravisa. Au fond, l'attitude de sa fille était bien naturelle. Cet enfant était devenu son souffle de vie au moment même où elle avait appris qu'elle était enceinte. Et surtout, il était tout ce qui lui restait de Charles – dont il était d'ailleurs le portrait craché au même âge.

— Je ne remercierai jamais assez le docteur McLean pour nous avoir fait découvrir l'usage des biberons, dit Julia.

Sa mère acquiesça en silence. Elle aussi appréciait de tenir dans ses bras son petit-fils pour lui donner ses repas. Il était si mignon pendant qu'il tétait.

— Le monde autour de nous a tant changé, toutes ces inventions incroyables qui nous arrivent presque chaque jour… Nous vivons un drôle de siècle, ma chérie.

— Dans un autre, je serais certainement morte, réfléchit tout haut Julia.

Sa mère frissonna.

— Ne dis pas de sottises !

Julia lui sourit. Mieux valait éviter ce sujet dorénavant ; ses parents avaient déjà été suffisamment éprouvés. Lady Cornwell reprit :

— Il faudra organiser le baptême.

— Oui, et Noël aussi, confirma Julia.

Le premier avec son fils mais aussi le premier sans son époux. Cette perspective lui serra le cœur. Un temps, elle avait pensé à ne pas faire dresser le sapin dans l'immense hall, puis elle avait changé d'avis. Charles junior, même s'il ne pouvait pas encore s'en rendre compte, aurait un Noël digne des jours heureux de Longfield. Elle avait donc demandé à Porter de s'occuper des décorations comme il l'aurait fait si Lord Ashford avait été encore de ce monde.

Quand sa mère et elle arriveraient au domaine, l'immense sapin aurait été installé et tout l'office s'affairerait autour pour lui donner sa parure festive.

Le majordome les accueillit devant l'entrée du domaine en s'inclinant.

— Ces dames ont-elles fait bon voyage ?

— Un peu long et fatigant, tout de même, Porter, répondit Lady Julia en passant devant lui.

— Madame m'en voit désolé.

Julia sourit en entendant la réplique convenue de son misanthrope de majordome. Elle savait parfaitement qu'il se fichait comme d'une guigne du sort de ses employeurs. Si tout l'office avait été profondément affecté par la disparition de Lord Ashford, Porter, lui, n'avait manifesté qu'un intérêt relatif pour le funeste événement.

Dans le vestibule, elle découvrit le sapin qui trônait de toute sa magnificence entre les escaliers à double entrée. Julia en aurait sautillé de joie. Elle huma avec bonheur le parfum boisé qui se dégageait de l'arbre et qui lui rappelait tant de souvenirs heureux.

— C'est tout à fait inconvenant, entendit-elle.

Julia se retourna. Sa très chère belle-sœur était là, devant elle, arborant une mine aussi sinistre que la robe sombre qu'elle portait.

— Bonjour, Catherine.

— Mon frère est mort depuis seulement quelques mois...

Mais Julia ne lui laissa pas l'opportunité de terminer sa phrase :

— Et votre frère adorait Noël, Catherine. Il aurait sans doute voulu que son fils puisse profiter de ces moments magiques.

— Ce n'est qu'un bébé, je vois mal en quoi il profiterait de quoi que ce soit.

Julia haussa les épaules et jeta un regard lassé à sa belle-sœur.

— N'y a-t-il donc aucun gentleman pour vous courtiser en ce moment ?

— J'ai quantité de prétendants, comme toujours, rétorqua Catherine, piquée au vif.

Julia sourit.

— Alors plaise à Dieu que l'un d'entre eux vous fasse enfin sa demande...

Sur ce, elle planta Lady Catherine pour prendre la direction de l'étage. Son petit Charles lui manquait et elle avait hâte de le serrer contre elle.

Dans l'office, on s'activait. Lady Ashford et sa mère étaient rentrées, elles demanderaient certainement du thé. L'insistance des deux médecins pour que Lady Ashford se rende à l'hôpital avait particulièrement inquiété Mrs Hallister.

— Alors, Mark ? Lady Julia semblait-elle bien se porter ?

— De ce que j'ai pu constater, elle est en pleine forme. Elle a eu un échange assez vif avec Lady Catherine au sujet du sapin.

— Racontez-nous cela, demanda Mrs Alder en se joignant à eux.

Mark jeta un coup d'œil à l'intendante.

— Vous pouvez y aller, mon garçon, l'encouragea cette dernière. Mr Porter n'est pas dans les parages. Quant à moi, je n'ai rien contre l'idée d'en savoir un peu plus.

Mark restitua mot pour mot ce qu'il avait entendu dans le grand hall ; il fit même une imitation très réussie de l'air pincé de Lady Catherine qui amusa beaucoup son auditoire. Mrs Alder en pleurait de rire.

— Et dire que Lady Allen arrive dans la soirée ! Cela s'annonce épique.

— D'autant que, compte tenu de ce qui est arrivé à sa cousine, je doute que Lady Emily accepte la moindre parole déplacée à son encontre. Et Lady Catherine risque bien d'en faire les frais.

— Elle sera bien trop occupée à faire du charme à ce pauvre James Cornwell, plaisanta Mrs Hallister.

— N'est-elle pas trop vieille pour lui ? intervint Andy qui peinait à allumer le grand fourneau.

— Andy ! le gronda Mrs Alder. On ne dit pas d'une grande lady qu'elle est vieille !

Le garçon de cuisine haussa les épaules. Qu'y avait-il de mal à dire la vérité ? Après tout, il devenait évident que Lady Catherine n'était plus toute jeune.

— Elle a près de vingt ans de plus que lui, confirma Mrs Hallister. Mais elle est très riche, alors pourquoi pas. Ce ne serait pas la première fois qu'une riche veuve épouserait un jeune homme.

— Encore faudrait-il qu'il la supporte, marmonna le plus bas possible la cuisinière.

— Ah, vous voyez bien que vous êtes d'accord avec moi, madame Alder, dit Andy, prenant la balle au bond.

Celle-ci gloussa en voyant la mine réjouie de son commis de cuisine.

— Je crois que tu traînes trop avec des femmes, Andy...

— Ces dames ont-elles réclamé du thé ? demanda Mrs Hallister au valet de pied.

— Non, pas encore. Lady Julia a préféré monter voir Mr Charles.

Mrs Alder poussa un profond et bruyant soupir.

— C'est une mère formidable.

— Vous avez raison, et ce petit garçon a bien de la chance. Il ne manquera jamais d'amour, entre sa mère, sa grand-mère et cette chère Lady Allen, continua l'intendante.

Elle admirait sans en faire un secret la cousine Emily.

À la fin de l'après-midi, la voiture de Lady Emily passa la grille du domaine dans une traînée de poussière. L'office, prévenu de son arrivée imminente, patientait devant l'entrée.

Évidemment, Lady Allen était au volant de son automobile et son cousin assis sur le siège passager. À l'arrière – et cela au mépris de toutes les convenances – se trouvaient le valet de James Cornwell ainsi que la femme de chambre d'Emily. Une femme de chambre ayant une particularité qui allait mettre en émoi toute la maison et tout particulièrement Lady Catherine.

Ce fut une femme de couleur qui descendit du véhicule sous les regards éberlués de la famille et des domestiques.

— Magda, voyez avec l'intendante où vous devez faire monter mes affaires, ordonna Emily à sa femme de chambre en désignant Mrs Hallister.

— Oui, madame, répondit la jeune femme en s'inclinant légèrement.

Emily était sur le point de lui tourner le dos quand elle se ravisa.

— Et ne vous laissez pas impressionner par tous ces gens, lui conseilla-t-elle d'un air malicieux.

Magda sourit à sa maîtresse.

Orson Porter, lui, était déjà en train de s'étrangler. Cette femme allait-elle donc tout leur imposer ? N'était-ce pas déjà suffisant que les employés se trouvent à l'arrière du véhicule conduits par leurs maîtres ? Quelle honte ! Lady Allen ne leur épargnerait donc rien !

De son côté, Julia pouffait intérieurement en voyant le visage rouge d'indignation de sa belle-sœur qui se retenait d'exploser.

— Julia ! s'écria Lady Emily en se précipitant vers elle pour la serrer dans ses bras.

— Emily ! Quelle entrée en fanfare, lui dit sa cousine à l'oreille.

Cette dernière se mit à rire franchement.

— Même ton frère a désapprouvé, cette fois, avoua-t-elle sur le même ton.

Le jeune homme dans son habit de hussard attendait patiemment que sa sulfureuse cousine lui cède la place. Il était à couper le souffle dans son uniforme, ce qui n'échappa pas à Lady Catherine, toute chose en la présence du jeune officier.

— Julia, dit-il en l'enveloppant dans ses bras avec d'infinies précautions. J'ai eu si peur !

Il en avait les larmes aux yeux.

— Tout va bien, maintenant, James.

— J'aurais dû être auprès de toi.

Lady Ashford posa une main apaisante sur le visage du jeune homme.

— Tu n'aurais rien pu faire de plus.

James Cornwell déglutit péniblement. Il tenait toujours les mains de sa sœur quand il embrassa sa mère, mais son regard cherchait quelqu'un d'autre. Catherine, pleine d'espoir, s'avança. Mais l'officier ne la remarqua même pas et se dirigea vers les domestiques, toujours rangés en rang serré.

— Mrs Alder, dit-il en se plantant devant la cuisinière, une main sur le cœur.

Celle-ci s'empourpra.

— Monsieur, balbutia-t-elle en réalisant une légère révérence.

— J'ai cru comprendre que je vous devais la survie de ma sœur adorée et de mon neveu.

— Si je peux me permettre, monsieur exagère.

James Cornwell prit alors la main de Louisa Alder et, tout en s'inclinant, lui baisa les doigts.

— Madame, veuillez accepter ma reconnaissance, entière et éternelle.

Il se redressa et la salua à nouveau.

— Oh ! Monsieur est trop gentil, rougit de plus belle Mrs Alder.

— J'ai pensé à un présent pour vous quand j'étais à Londres. Pour vous remercier.

Il sortit de sa poche un écrin sombre.

— Je vous en prie, acceptez ce modeste cadeau, gage de mon immense reconnaissance.

Mrs Alder, sous le choc, tremblait d'émotion en prenant l'objet.

— Monsieur n'aurait pas dû…

— Allons, ouvrez-le, l'encouragea-t-il.

Elle ouvrit le coffret, au bord de l'asphyxie. Celui-ci contenait une merveilleuse broche en forme de papillon, constellée de milliers de petites pierres précieuses.

La cuisinière ne put que lâcher, bien malgré elle, un « Oh Seigneur ! » qui sembla réjouir le jeune maître.

— Est-elle à votre goût ?

Trop touchée pour répondre, Mrs Alder réussit seulement à hocher la tête en serrant contre elle le bijou.

En arrière, Lady Catherine bouillait de rage, mais elle n'en fit rien voir. Une femme de chambre noire, des domestiques conduits par leurs maîtres et maintenant ça ! Mais il lui vint à l'idée que, peut-être, elle pourrait tirer parti de cette situation. En se précipitant vers le frère de Julia, elle déclara :

— Quelle merveilleuse attention ! Et que je suis heureuse de vous revoir !

Accrochée au bras du jeune officier, elle le dévorait des yeux.

— Quel dommage que cette broche ne vous ait pas été destinée… rétorqua Emily, pas dupe du petit jeu de Catherine.

Elle était sur le point d'entrer dans la demeure de sa cousine quand elle s'arrêta pour terminer sa phrase.

— Mais pour cela, il aurait fallu que vous fassiez quelque chose pour quelqu'un d'autre que vous-même.

Julia soupira : la guerre était déclarée et Emily venait de remporter la première bataille.

Magda Davis avait parfaitement conscience qu'elle devait ce poste avant tout au caractère tapageur et insolent de sa nouvelle maîtresse. Emily Allen était sans conteste une personne libre et éclairée, affichant ses convictions avec un aplomb surprenant pour une femme. Sans aucun doute, si elle avait été un homme, elle aurait fait un député hors norme.

Magda pénétra dans le couloir de l'office à la suite des autres domestiques de la maison en sentant peser sur elle les regards du personnel. Tout en faisant comme si elle ne s'était aperçue de rien, elle ne put s'empêcher de se demander si elle n'était pas la première femme noire à mettre les pieds à Longfield Park. Personne ne lui avait encore décroché un mot. Seule une jeune femme blonde au teint pâle lui avait adressé un timide sourire d'encouragement.

Cela ne l'avait pas étonnée. En dépit de la loi, Magda savait bien qu'elle n'était pas considérée comme l'égale du reste de l'humanité. Elle et les siens devaient se battre pour tout : faire des études, entrer à l'université, décrocher des postes intéressants. Lady Allen, avec son pragmatisme habituel, lui avait fait remarquer qu'au fond, leur combat n'était pas si éloigné de celui des suffragettes.

— Madame Davis, Alma va vous montrer votre chambre, lui annonça l'intendante en désignant la jeune femme de chambre qui lui avait souri.

Mrs Hallister n'était pas hostile, mais Magda sentait bien qu'elle n'était pas à l'aise avec elle.

— Bien, madame.

L'intendante pinça les lèvres. Visiblement, elle cherchait quelque chose à dire.

— Et soyez la bienvenue à Longfield.

Magda la remercia de nouveau en s'inclinant très légèrement. Elle avait pris la suite d'Alma quand elle croisa dans le couloir le valet de chambre de James Cornwell, un homme d'âge mûr entièrement dévoué à son jeune maître avec qui elle avait tout de suite sympathisé.

— N'hésitez pas à venir me parler si vous rencontrez des problèmes, lui conseilla-t-il au moment où elle passait devant lui.

— Je vous remercie infiniment, monsieur Hayes.

Un silence gêné s'installa entre les deux femmes de chambre alors qu'elles gravissaient les étages jusqu'à la soupente. Magda décida de briser la glace.

— Vous avez l'air bien installés, dit-elle en découvrant les quartiers du personnel.

Le couloir était propre et des fenêtres aux extrémités du couloir laissaient passer la lumière.

— Oui, en effet. Et vous aurez une chambre pour vous seule, lui annonça fièrement Alma.

Magda avait bien conscience que cela n'arrivait que rarement et fit donc mine de trouver cela révolutionnaire alors qu'en réalité, elle bénéficiait déjà de ce privilège chez Lady Allen.

— Vous êtes entrée au service de Lady Allen récemment, devina Alma.

— Trois semaines seulement. J'ai eu beaucoup de chance.

— Oh oui, Lady Allen est une femme hors du commun.

Magda se mit à rire.

— C'est le moins que l'on puisse dire.

— Comme sa cousine, embraya Alma.

— Les femmes de cette famille ont l'air très gentilles.

Elles étaient maintenant arrivées devant la porte de ce qui serait désormais la chambre de Magda.

— Elles le sont presque toutes, en effet, mais méfiez-vous de Lady Catherine et de sa femme de chambre, prévint Alma en baissant le ton.

— Qui est Lady Catherine ?

— C'est la sœur de notre défunt maître. C'est elle qui s'est pendue au bras de Lord James tout à l'heure. Elle a des vues sur l'héritier de Fallsbury.

— N'est-elle pas un peu trop âgée pour cela ? s'étonna Magda.

— C'est aussi mon avis, gloussa Alma. Mais nous ne devrions pas parler de cela, je suppose.

— Non, nous ne devrions pas, plaisanta Magda.

Elles se mirent à rire. Alma lui prit les mains :

— Je suis certaine que nous allons bien nous entendre.

— Merci, merci de votre gentillesse.

— Je dois vous abandonner, mes tâches m'attendent. Si vous avez besoin de quoi que ce soit, n'hésitez pas à venir me demander.

— Je devrais m'en sortir, mais merci. Excepté si je me perds dans l'un de ces innombrables couloirs, ajouta-t-elle plus pour elle-même que pour son interlocutrice.

Pendant ce temps, la famille s'était réunie dans le grand salon. Emily s'était un moment extasiée sur le sapin et ses décorations. Elle adorait Noël. Piétinant d'impatience, elle attendait de rencontrer le petit Charles qu'elle serrerait dans ses bras pour la première fois. Quand la femme de chambre entra avec le bébé, Emily se jeta presque sur eux. Elle prit l'enfant et se mit à le câliner avec application. En la voyant faire, Julia se demanda si, finalement, sa cousine ne regretterait pas un jour de s'être refusée au seul homme qui aurait pu l'apprivoiser, s'interdisant ainsi toute possibilité de devenir mère.

— Bonjour petit Charles, susurra Emily en embrassant le front du nourrisson. Vous nous avez donné quelques sueurs froides, mais vous voici, maintenant.

Elle souriait béatement, ce qui était suffisamment rare chez elle pour être relevé.

— La maternité t'irait bien, lui fit remarquer Lady Cornwell en s'approchant.

— J'ai d'autres combats à mener, répondit-elle du tac au tac.

— Mais les femmes sont-elles faites pour mener des combats ? la contra Catherine qui pensait enfin tenir là un argument de poids.

Emily leva un œil sur son ennemie jurée. Son sourcil droit s'arqua dangereusement comme chaque fois qu'elle préparait une réplique cinglante.

— Ma chère, je dois vous informer d'une chose qui vous sera très pénible à entendre : votre cerveau n'est en rien différent de celui d'un homme. Donc si vous vous en donniez la peine, vous pourriez acquérir les mêmes savoirs et compétences qu'eux.

La trêve avait été de courte durée.

Chapitre XIX

Près d'une année s'était écoulée depuis ce funeste jour où l'existence de la fratrie Murphy avait basculé dans le chaos. Merry était sortie de l'hôpital et Will moisissait toujours dans sa cellule en attendant son procès. L'avocat restait optimiste quant aux chances de son client de rencontrer la clémence des jurés.

L'agent Rigaud, de son côté, avait eu tout le temps d'organiser les choses à sa façon. Quelques petits témoignages par-ci, par-là qui enverraient certainement le benjamin des Murphy à l'échafaud. On était en novembre, l'air se refroidissait et le procès était prévu pour la fin du mois.

Will, dans sa cellule, patientait ; il ne pouvait plus faire grand-chose. Il avait pris cette décision seul et il allait l'assumer jusqu'au bout. La prison n'avait rien de plaisant mais ses conditions d'incarcération avaient été largement améliorées par l'action de ses frères à l'extérieur et surtout par sa réputation à l'intérieur.

Dans cet espace confiné, il avait vite fait figure de chef incontesté. Il s'était toujours dégagé de lui une aura particulière qui inspirait autant la crainte que le respect.

Les semaines se succédaient au rythme des visites de sa famille mais aussi de celles d'Edna, qu'il attendait de plus en plus fébrilement. Quel n'avait pas été son désarroi quand il avait appris que Julia avait failli trouver la mort en donnant naissance à son enfant ! Il se fit la promesse de retrouver en sortant tous ceux qui l'avaient sauvée. Il trouverait un moyen de les remercier généreusement et anonymement.

Avec l'enfermement, son obsession pour Julia avait pris des proportions singulières et il avait fini par se résoudre à la seule chose qui pourrait y mettre un terme. Dès qu'il recouvrerait la liberté, il irait la voir à Longfield. Il se présenterait dans un costume taillé sur mesure, prendrait de ses nouvelles, s'assurerait qu'il n'était plus pour elle qu'un lointain souvenir et puis la laisserait derrière lui – de manière définitive cette fois. Ainsi pourrait-il peut-être reprendre une vie d'homme à nouveau. Trouver une femme qui, certes, ne serait pas Julia, mais qui pourrait faire son bonheur et qu'il apprendrait à aimer en retour.

Au fond, ce séjour en prison lui était profitable. L'inactivité lui permettait de poser les choses et aujourd'hui, il avait une vision plus claire de ce qu'il voulait faire de son avenir.

Physiquement, Merry était guérie, sans plus aucun stigmate apparent. Mais elle avait peur de tout. Sursautait au moindre bruit. Était sujette à des crises de panique dès lors qu'elle pensait être seule. Elle ne mettait plus les pieds au rez-de-chaussée quand le pub était ouvert au public et, surtout, elle évitait scrupuleusement d'entrer dans la pièce où elle avait subi son agression.

Oliver l'avait déjà retrouvée tétanisée debout devant la porte du bureau, le regard hagard et incapable de faire le moindre geste. Le docteur Jones parlait de choc, de traumatisme, disait qu'il faudrait du temps pour qu'elle se remette. Mais les mois passaient sans amélioration.

Edna, de son côté, mettait tout en œuvre pour tenter de soulager ses bienfaiteurs. Nesto et elle se voyaient maintenant de façon régulière, et la question des fiançailles commençait à se poser ; pour autant, elle n'avait aucune envie de quitter son travail de vendeuse chez Harrods – or, si elle se mariait à nouveau, elle devrait démissionner. Elle faisait d'ailleurs traîner volontairement la procédure de divorce, même si elle rêvait d'être libérée de Jimmy à tout jamais. Ce mariage restait un obstacle bien pratique au prochain.

Être une femme mariée revenait à devenir la propriété de son mari et, de ce fait, à renoncer à toute existence légale. Edna lisait désormais de manière régulière les tracts et autres communications des mouvements de libération des femmes. L'arrivée au pouvoir du parti libéral avait suscité beaucoup d'espoir chez les militantes suffragettes, mais l'engouement avait été de courte durée, les députés libéraux s'étant révélés encore plus frileux sur le sujet que leurs homologues conservateurs.

Nesto, conscient de la précarité qu'impliquait le mariage, avait assuré à Edna qu'il ne l'empêcherait jamais de travailler. De son côté, Jack lui promit de l'embaucher comme secrétaire si elle devait quitter Harrods pour épouser leur homme de confiance ; ainsi, elle conserverait son indépendance financière. Au fil des mois, Edna s'était surprise à se considérer comme un membre à part entière de cette étrange famille. Elle se sentait bien parmi eux. En un sens, elle retrouvait ce qu'elle avait perdu en quittant Longfield, cette sensation de faire partie d'une communauté sur laquelle elle pouvait compter.

Le jour du procès arriva enfin. Cette attente interminable n'avait fait que renforcer l'incompréhension de la famille Murphy. Pourquoi attendre si longtemps pour juger Will ? Cela n'avait guère de sens pour eux, pas plus que pour leur avocat. Néanmoins, ce dernier se disait fin prêt. Évidemment, un procès comportait toujours une part d'inconnu, certaines pièces du dossier étant versées au fur et à mesure de l'avancée des débats, mais maître Atlea pensait avoir eu toute latitude pour affûter ses arguments et conservait bon espoir de voir la peine de Will fortement réduite.

Ce 25 du mois de novembre 1913, beaucoup de monde s'était massé devant la Cour royale de justice : quelques personnes de la bonne société, des suffragistes et suffragettes selon leur degré de militantisme et surtout une grande partie de la population de l'East End. On aurait dit un gigantesque bazar. L'histoire de Merry s'était répandue des quartiers pauvres jusqu'aux nombreux comités de défense des droits des femmes où toutes les classes sociales se côtoyaient. Will, en défendant sa sœur, était devenu un emblème de la lutte contre cette société machiste où le seul droit des épouses était de mourir sous les coups de leur mari. Très vite, les autorités s'étaient trouvées dépassées par l'engouement que suscitait ce procès.

Will arriva dans une voiture à chevaux. Les mains attachées dans le dos, escorté par deux policiers, il gravit les marches jusqu'au bâtiment – qui avait plus à voir avec une cathédrale qu'un lieu où l'on rendait la justice – sous les acclamations d'ouvriers, de femmes du peuple et même de ladies. Il reconnut de nombreux visages parmi la foule. Tous ces gens étaient venus pour le soutenir.

En entrant, il retrouva maître Atlea.

— Mais que se passe-t-il ? interrogea Will, un peu perdu.

— Les suffragettes se sont emparées de votre histoire. Comme si nous avions besoin de ces hystériques ! fit Atlea en haussant les épaules, agacé.

— Pourquoi sont-elles là ?

L'avocat alluma une cigarette et en tendit une à son client. Il se ravisa en constatant que les mains de Will étaient toujours entravées.

— Quand vous serez dans le box, je demanderai qu'on vous retire les menottes, marmonna-t-il.

— Vous n'avez pas répondu à ma question.

— Pour ces femmes, vous êtes un héros. Vous avez sauvé votre sœur d'une mort certaine infligée par son mari violent. Elles tentent de faire de votre histoire un symbole.

— Et cela ne peut-il pas servir ma défense ? demanda naïvement Will.

L'avocat faillit s'étrangler de rire.

— Une bande de vieilles filles… Allons, mon garçon, ces mégères sont un fléau pour notre pays. Vous pouvez me croire, toute cette agitation n'apportera rien de bon.

Will ne partageait pas son opinion. L'espace d'un instant, il douta même d'avoir fait le bon choix concernant son avocat.

Le procès s'ouvrit dans une effervescence telle que le président menaça l'assistance d'une évacuation imminente si le calme ne revenait pas. Au premier rang se trouvait la famille de Will, excepté Merry qui ne pourrait pas assister aux débats avant d'avoir elle-même déposé. Durant cette première journée, il ne se passa pas grand-chose. Les deux parties exposèrent leurs versions respectives et aucun témoin ne fut entendu.

— Tout s'est très bien passé, le rassura maître Atlea alors qu'il raccompagnait son client jusqu'à la voiture de police. Mais c'est demain que les choses sérieuses vont commencer.

En repassant dans l'autre sens pour retourner à la prison, Will fut de nouveau applaudi. Une femme du monde avec un somptueux chapeau à fleurs lui cria même : « Merci, monsieur Murphy ! Merci pour toutes les femmes tombées sous les coups de leur mari ! Vous êtes un exemple pour les hommes de ce pays ! »

— Des folles, je vous dis, grinça Atlea à côté de lui.

Will pila au beau milieu de la foule.

— Êtes-vous certain de vouloir assurer ma défense, maître Atlea ?

L'avocat, surpris, s'arrêta à son tour pour dévisager son client.

— Pourquoi me posez-vous cette question ? Ce n'est ni le lieu, ni le moment.

Les gens s'agglutinaient autour d'eux.

— Avez-vous de la compassion pour ce qu'a subi ma sœur ? insista Will.

L'avocat secoua la tête.

— Je ne vois pas en quoi ma compassion vous intéresse, Will.

Il attrapa le bras du jeune homme pour le faire avancer mais celui-ci resta figé sur place.

— J'ai besoin de savoir, maître Atlea, si vous avez aussi l'intention de défendre l'honneur de ma sœur lors de ce procès, ou si tout ceci vous est totalement égal.

L'avocat commençait à s'agacer. Il s'approcha en baissant la voix :

— Je n'ai qu'une seule chose en tête, monsieur Murphy : vous faire sortir de prison. Pour ce qui est du droit des femmes, rien ne vous empêchera d'en faire votre combat une fois libéré. Si vous avez du temps à perdre... Et si vous voulez vraiment mon opinion, je pense qu'elles doivent rester à la place qui est la leur. C'est-à-dire à la maison. Un point, c'est tout !

À cet instant précis, Will eut la terrible conviction que ce procès et son propre avocat lui réservaient le pire.

Chapitre XX

Julia avait été soulagée de laisser enfin derrière elle cette terrible année 1912. Si seulement elle avait pu l'effacer de son histoire… Elle se faisait souvent cette réflexion mais aussitôt se souvenait qu'il s'agissait aussi de l'année qui avait vu la naissance de son fils. Les fêtes s'étaient déroulées aussi bien que possible pour Julia. La furieuse guerre opposant constamment sa belle-sœur à sa cousine avait contribué à lui faire oublier par moments l'absence si cruelle de Charles. Et puis, il y avait son enfant, déterminé à lui redonner l'envie de vivre. Charles junior était vif, drôle et charmant. Un adorable bout de chou qui passait son temps à sourire à tous ceux qui se penchaient sur son berceau.

Elle avait conservé l'album où se trouvait la photo de Will. Le soir, quand elle était assurée de n'être pas dérangée, elle l'ouvrait pour contempler longuement le visage du garçon qu'il était à cette époque, en se demandant ce qu'il avait bien pu advenir de lui.

C'était étrange, cette nostalgie soudaine, comme si la disparition de Charles avait permis à son amour défendu de jeunesse de refaire surface.

Le souvenir de ce lien intense qui l'avait unie à Will était douloureux. Plus les jours passaient, et plus elle se rendait compte qu'elle n'avait qu'un seul désir, le revoir. C'était indécent, immoral et totalement indigne d'une jeune veuve. Charles était mort depuis trop peu de temps pour que les pensées de Julia convergent déjà vers un autre homme. Un roturier désargenté de surcroît.

On avait recruté une nanny pour le jeune lord, une Écossaise d'une quarantaine d'années tout en rondeurs, au caractère affable et rieur. Si Julia avait hésité à confier son enfant à une autre femme qu'elle-même, nanny Glenn avait emporté toutes ses résistances.

D'ordinaire, ces femmes étaient austères et bien trop sérieuses. Julia ne voulait pas de cela pour son fils ; elle préférait de loin qu'il soit élevé dans un climat joyeux où l'enfance aurait sa place le plus longtemps possible.

Emily avait quitté Longfield pour entreprendre un périple de plusieurs mois allant de l'Égypte à l'Empire ottoman. Elle ne serait de retour qu'à la fin de l'année. Julia l'aurait volontiers accompagnée mais Charles était trop petit pour supporter un tel voyage et il était hors de question qu'elle le laisse.

Progressivement, Julia s'était retrouvée seule avec Catherine et Edward. Ses parents aussi étaient rentrés à Fallsbury. Ils avaient repoussé cette échéance le plus longtemps possible mais le domaine avait besoin de ses maîtres ; une absence si longue pouvait avoir des conséquences fâcheuses en ces temps de turpitudes budgétaires pour les grands propriétaires terriens.

Bien que personne ne voulût vraiment l'admettre, la position de l'aristocratie britannique était de plus en plus inconfortable. L'Amérique s'imposait désormais comme la première économie du monde. On ne comptait déjà plus les unions entre des aristocrates anglais et les filles généreusement dotées de riches marchands américains. Il s'agissait là d'un échange de bons procédés, un titre contre une fortune. Tout le monde y trouvait son compte ou presque.

Cet ancien monde déstabilisé et en perte de vitesse laissait à Julia un affreux sentiment de désolation.

Elle était dans le jardin d'hiver quand Edward Ashford, qui revenait de Londres, entra dans la pièce. Julia était installée sur un banc, un livre posé sur ses genoux. Au sol, sur une épaisse couverture, le petit Charles et Elizabeth Glenn s'amusaient.

Le jeune homme était surexcité.

— Bonjour mesdames ! s'annonça-t-il, un peu essoufflé.

— Grand Dieu, Edward, vous m'avez l'air bien guilleret.

Il se mit à sourire franchement.

— C'est parce que j'ai une surprise.

— Allons bon, et de quoi s'agit-il ?

La gouvernante de Charles les interrompit :

— Madame souhaite peut-être que je me retire.

— Oh non, nanny Glenn, répondit Edward. Restez, il n'y a là aucun secret d'État.

— Allons, Edward, dites-nous vite de quoi il s'agit, l'encouragea sa belle-sœur.

— J'ai fait quelque chose dont j'avais très envie depuis longtemps, chère Julia.

Celle-ci garda le silence en attendant la suite avec de plus en plus d'impatience.

— J'ai acheté une automobile !

La joie d'Edward faisait plaisir à voir.

— C'est une merveilleuse idée ! s'enthousiasma aussitôt Julia.

— Elle doit nous être livrée dans une semaine.

— Comptez-vous la conduire vous-même ?

— Non, bien sûr que non. Catherine en ferait une jaunisse, dit-il en éclatant de rire. J'ai passé une petite annonce pour trouver un chauffeur. J'espère recevoir des réponses rapidement.

— Qu'arrivera-t-il à notre cocher ? s'inquiéta soudain Julia.

— Nous aurons toujours nos attelages, n'ayez crainte. Tout le monde conservera sa place à Longfield.

La semaine suivante, la première automobile de Longfield était livrée au domaine. Il s'agissait d'un modèle tout à fait classique de couleur noire, rien de criard. Pour l'heure, on l'avait stockée dans une ancienne grange, réaménagée à la va-vite pour l'occasion. Edward, chaque matin, épluchait avec le plus grand intérêt les réponses faites à son annonce. Il brûlait de pouvoir effectuer ses déplacements dans sa nouvelle acquisition. L'après-midi même, ils recevraient deux chauffeurs potentiels pour le poste. Edward espérait sincèrement que l'un d'entre eux ferait l'affaire.

Toute la famille était installée dans la bibliothèque de Longfield quand Orson Porter leur annonça l'arrivée du premier candidat.

Un garçon d'une vingtaine d'années, dont le visage aurait pu être peint par Léonard de Vinci, se présenta mains dans les poches et casquette souple sur la tête. Il ne se découvrit pas devant les dames et s'approcha même d'Edward Ashford pour lui serrer la main de manière extrêmement familière. Porter, en retrait dans un angle de la pièce, en frémit d'indignation.

— Bonjour, m'sieur-dames. Moi, c'est Ben. En fait, Benjamin Pike de Liverpool.

Inutile de l'étudier bien longtemps pour comprendre que ce garçon n'avait aucune idée des exigences d'une grande maison comme Longfield. Nul doute qu'il créerait des problèmes – ce dont Julia fut tout à fait certaine quand elle vit la lueur fiévreuse qui s'était allumée dans les yeux de sa belle-sœur.

De plus, Pike, dans sa manière de bouger et de regarder ses interlocuteurs, avait quelque chose d'effrayant. Ce garçon était aussi fascinant qu'inquiétant. Comme si, derrière son masque de chérubin, se cachait l'expression du mal incarné.

Elle se surprit à espérer que l'entretien s'achève rapidement pour que ce drôle d'individu quitte au plus vite sa propriété. Après seulement quelques minutes, elle décida de s'opposer à son recrutement et savait pouvoir compter sur le soutien son majordome.

— Quel homme terrifiant, s'entendit-elle dire à voix haute.

— Terrifiant ? s'étonna Catherine. Auriez-vous besoin de lunettes ? Je ne comprends pas bien ce que vous pouvez trouver de terrifiant chez ce charmant jeune homme. De plus, il m'a l'air tout à fait qualifié pour le poste.

Edward Ashford, face à la cheminée, réfléchissait, une main dans le dos.

— Vous ne pouvez pas le recruter, Edward, intervint Julia.

Elle ne voulait pas de cet homme sous le même toit que son fils.

— Et pourquoi donc ? s'offusqua aussitôt Lady Catherine.

— Parce qu'il n'a pas de manières ! N'est-ce pas, Porter ?

Le majordome sortit de l'ombre pour se rapprocher.

— Madame a tout à fait raison.

À la fin de sa phrase, il se pencha en avant pour la saluer.

— Vous voyez bien !

— Ce garçon n'est pas plus inconvenant que votre cousine.

— Ne vous en prenez pas à Emily, protesta Julia qui sentait la colère monter.

Elle en avait assez de supporter Catherine. Après tout, cette dernière avait plusieurs propriétés où elle aurait pu vivre sans s'incruster à Longfield à longueur d'année.

— J'en ai assez que vous nous imposiez sa présence ! s'exaspéra Catherine.

Cette fois, elle avait passé les bornes.

— Vous n'êtes qu'une invitée, ici ! s'écria Julia en se levant tel un ressort. Ce domaine n'est pas le vôtre ! Longfield est la propriété de mon fils ! Par conséquent, Emily sera toujours la bienvenue et si cela ne vous convient pas, je vous invite à prendre vos affaires sur-le-champ et à quitter *ma* maison !

Pour la première fois de sa vie, Julia avait élevé la voix sur quelqu'un.

— J'avais prévenu mon frère ! Je lui avais bien dit qu'il ne devait pas faire entrer dans notre famille une femme comme vous ! Vous êtes indigne de ce domaine ! cracha Lady Catherine.

Julia était sur le point de répliquer quand Edward s'interposa :

— Cela suffit ! Vous allez trop loin, ma sœur.

— Vous n'allez tout de même pas prendre son parti, protesta Lady Catherine.

— J'en ai assez des querelles incessantes qui ont cours dans cette maison.

En effet, en disant cela, Edward Ashford avait l'air sincèrement épuisé. Mais il n'eut pas le loisir de pousser plus loin sa réflexion : Orson Porter annonça que le second candidat attendait d'être reçu.

Jacob Philby, en entrant dans la pièce, ressentit une pesante tension. Le mouvement de recul du majordome en le découvrant ne l'avait pas surpris. On ne pouvait guère le lui reprocher. Jacob n'avait que peu d'espoir de décrocher ce travail, même s'il était certainement l'un des plus qualifiés dans les domaines de la mécanique automobile et de la conduite.

Figé dans l'entrée du salon, il prit soin de rester dans l'ombre de la pièce, le visage baissé et sa casquette serrée nerveusement entre ses mains.

Edward Ashford, une main posée sur la cheminée, l'invita à s'approcher. Jacob redoutait ce moment où il sortirait de la pénombre. Il ferait peur à ces dames, cela était certain. Timidement et aussi lentement que possible, il s'approcha des fauteuils confortables pour entrer dans la lumière, l'estomac contracté.

Catherine poussa un cri d'effroi.

— Oh mon Dieu ! Qu'est-ce que cela ?

Affolé, Jacob recula. Julia lui trouva l'attitude d'une bête traquée.

— Allons, Catherine ! gronda-t-elle. Tenez-vous un peu ! Ou alors, si vous n'en êtes pas capable, sortez ! Veuillez nous pardonner, monsieur.

Instinctivement, elle se leva pour le rejoindre.

— Je suis Lady Ashford, soyez le bienvenu.

Le chauffeur, un peu étonné, saisit la main qu'elle lui tendait et fit mine de la baiser tout en restant plié en deux.

— Bonjour, madame, réussit-il à articuler, la bouche sèche. Mon nom est Jacob Philby.

— Allons, approchez. Je vous présente mon beau-frère Edward Ashford et sa sœur Lady Catherine Wordworth.

— Bonjour, l'accueillit Edward en lui serrant la main à son tour.

Tétanisé, Jacob n'osait pas regarder ses interlocuteurs en face, essayant de donner à voir le côté le moins abîmé de son visage. La marque indélébile des flammes sur sa peau ramena Julia à son propre drame. Bouleversée, par cet homme, elle décida d'intercéder auprès d'Edward pour qu'il l'embauche. Le soir même, Longfield avait trouvé son chauffeur.

Chapitre XXI

Et le pire se produisit. Dès le deuxième jour d'audience, les débats prirent une tournure inquiétante. Un courrier censé avoir été rédigé par Herbert Lacustre avait été retrouvé parmi ses affaires dans sa chambre d'hôtel. Il y était indiqué que Will Murphy lui avait donné rendez-vous au pub le jour du drame. Il avait aussi écrit à quel point il avait peur de s'y rendre parce qu'il pensait que son beau-frère lui voulait du mal et que s'il lui arrivait quelque chose, la police n'aurait pas à chercher plus loin.

En fin d'après-midi, il était clair que le plus jeune des Murphy était accusé d'assassinat.

La stupeur envahit l'assistance. Les habitants de l'East End ainsi que les militantes suffragettes protestèrent violemment, mais les preuves étaient là. Certes fabriquées de toutes pièces par le sournois Rigaud mais elles étaient bel et bien là, menaçant d'envoyer Will tout droit à la potence.

Maître Atlea, totalement déboussolé, ne s'était pas préparé à un tel retournement de situation. Acculé, il se révéla incapable de trouver des arguments pour défendre son client. En désespoir de cause, il demanda un report du procès, refusé aussi sec par le juge – ce dernier, peu enclin à défendre la manifestation de la vérité, était surtout pressé d'expédier cette affaire au plus vite. Will Murphy, à ses yeux, n'était qu'une petite frappe véreuse et violente. Et s'il était innocent de ce meurtre, il en avait, de toute façon, bien d'autres à son actif.

À la fin de cette calamiteuse deuxième journée, Will, ses frères et maître Atlea se retranchèrent dans une des pièces de la Cour royale de justice.

— Vous êtes dans de sales draps, annonça aussitôt l'avocat.

— Il ne faut pas que Merry sache ce qui est en train de se passer ici, dit Will.

Appuyé contre le mur, les bras croisés, il avait l'air de prendre toute cette histoire avec un fabuleux détachement qui surprit jusqu'à ses frères.

— Comment veux-tu qu'on le lui cache ? protesta Oliver. Même si elle n'assiste pas aux débats, tout le quartier ne va plus parler que de ça.

— Vous devez l'épargner jusqu'à ce qu'elle témoigne, insista Will. Si elle sait, elle va s'accuser.

— Au point où vous en êtes, ce serait peut-être mieux pour vous, monsieur Murphy.

Will, au travers d'une volute de fumée, posa un regard sombre sur son avocat.

— Maître Atlea, si vous avez la tentation de faire tomber ma sœur pour sauver ma tête, je vous conseille de me le dire tout de suite.

— Je n'ai aucune intention de ce genre, mais les preuves qu'ils ont versées au dossier aujourd'hui sont accablantes, monsieur Murphy.

— Toutes fabriquées, grinça Jack, appuyé sur la table. Il y a bien un moyen de le prouver.

— Sans doute, mais le temps nous est compté.

— Sérieusement, d'où elle sort, cette soi-disant lettre écrite par Lacustre ? s'emporta Jack.

— De nulle part, c'est un faux, mais c'est à nous d'en apporter la preuve.

— Nous pouvons toujours compter sur le témoignage de votre sœur.

— Maître Atlea, je doute que le seul témoignage de Merry suffise à disculper Will. C'est un membre de notre famille, ils l'accuseront d'essayer de le couvrir.

— Oui, mais elle est notre meilleure chance. Si elle arrive à instiller le doute dans la tête des jurés, alors vous serez sauvé.

Jack poussa un juron en frappant de son énorme poing la table en chêne.

— Je ne comprends toujours pas comment nous avons pu en arriver là !

La défense d'Atlea se révéla totalement inutile et inadaptée. Le témoignage de Merry vira à l'accusation publique. Elle fut si malmenée par l'avocat général que Will, dans son box, sortit de ses gonds. Le juge, avec sa perruque grise ridicule, tapait comme un forcené avec son marteau pour faire revenir le calme dans l'assistance mais rien n'y fit. Il dut demander l'évacuation de la salle.

Les suffragettes présentes s'étaient enflammées en constatant que l'avocat général, non content de ne pas prendre en considération l'agression de Merry Murphy, traînait en plus sa réputation dans la boue.

Merry, à bout de nerfs, avait fini par perdre connaissance. Edna, dans la salle, s'était levée d'un bond pour voler au secours de son amie en poussant violemment toutes les personnes se trouvant sur son chemin.

Les jurés, mal à l'aise, avaient demandé une interruption de séance et cette quatrième journée du procès de Will Murphy s'était terminée dans un chaos indescriptible.

Excédé, le juge décréta que, « puisque ces femmes hystériques et cette populace de l'East End sont incapables de se tenir », dorénavant tous les débats auraient lieu à huis clos. Cette décision signait l'arrêt de mort de Will. Sans soutien populaire, il était condamné.

Ce fut dans une salle presque déserte que le jury, largement orienté par le juge et le procureur général, rendit sa décision. Will Murphy était reconnu coupable de meurtre avec préméditation et, pour cela, il était condamné à la peine de mort par pendaison.

Dehors, les gens s'étaient massés dans un silence accablant devant les portes de la Cour royale jusqu'à ce qu'Oliver Murphy, blanc comme un linge, sorte pour annoncer l'insupportable verdict.

La colère prit la foule et l'on envoya la police mater les manifestants. À l'abri à l'étage, l'agent Rigaud observait les événements avec une satisfaction perverse. Il avait eu la tête de Will Murphy, mais il en restait encore deux dont il rêvait de se débarrasser. Ces saloperies d'Irlandais allaient retrouver la place qui aurait toujours dû être la leur : dans le caniveau.

Edna, accablée, ne pensa même pas à se mettre à l'abri des coups de gourdin qui pleuvaient. Nesto finit par la retrouver dans l'indescriptible mêlée, échevelée, la robe déchirée et totalement hébétée. Il la souleva comme une plume pour l'emporter loin du tumulte.

— Edna ? Tu vas bien ?

Il souleva une mèche de cheveux qui lui couvrait le visage. Elle pleurait.

— Will… articula-t-elle.

— Je sais…

Il la serra contre lui tandis qu'elle sanglotait toute son impuissance.

— Nous ne pouvons pas laisser faire ça !

Quelque chose venait de s'allumer dans le cœur d'Edna. Elle sécha ses larmes, repoussa doucement son fiancé, lissa les pans de sa robe, arrangea sa chevelure et planta son regard dans le sien.

— Tu penses à quoi ? l'interrogea-t-il, un peu déstabilisé par son brusque changement d'attitude.

Elle venait d'avoir une idée. La seule qui pourrait peut-être sauver la vie de Will.

— Je vais demander de l'aide, asséna-t-elle.

— De l'aide ? Mais à qui ?

Un timide sourire se dessina sur les lèvres de la jeune femme.

— Longfield, je dois aller à Longfield…

Edna mit en ordre ses affaires avant de partir. Richard Burbige en personne lui avait accordé un congé en lui assurant qu'elle retrouverait sa place à son retour. Dans une toute petite valise, elle glissa quelques effets personnels, le strict minimum. De toute façon, son séjour serait court. Soit Lady Ashford lui accorderait son aide, soit elle lui opposerait tout simplement une fin de non-recevoir et les choses seraient claires : elle devrait trouver du secours ailleurs.

Nesto l'accompagna à la gare où elle lui fit promettre de ne rien dire de ses plans aux Murphy. Elle n'avait pas eu le temps de prévenir Mrs Alder de son arrivée, ce qui n'était pas très convenable, et elle risquait de se faire houspiller par Porter, dont elle gardait un mauvais souvenir, mais les circonstances ne lui laissaient guère le choix. Dieu seul savait quand la date de l'exécution de Will tomberait. Elle n'avait pas une minute à perdre.

— Je devrais t'accompagner.

Nesto n'était pas tranquille à l'idée qu'elle voyage seule.

— C'est quelque chose que je dois faire sans toi, et puis ici, ils se douteraient de quelque chose. Surtout, Will ne doit rien savoir.

— J'ai compris, sourit-il, tu me l'as déjà dit cent fois… Mais vraiment, je me demande bien ce que tu comptes trouver là-bas.

Il se grattait la tête, perplexe, en retirant sa casquette.

— Je ne peux rien te dire. Je le regrette, mais je ne peux pas en parler.

Il n'insista pas : Edna avait toute sa confiance. Le chef de gare annonça que le train allait partir. La fumée de la locomotive envahissait le quai.

— Sois bien prudente.

Nesto, crispé comme à sa première communion, tendit la petite valise en carton à Edna quand elle fut à bord du wagon.

— Je dois trouver mon compartiment.

— Tu vas beaucoup me manquer, marmonna-t-il.

Le cœur d'Edna s'enflamma à l'idée que l'homme le plus gentil du monde s'était épris d'elle. Elle posa ses mains autour du visage de Nesto et lui donna un baiser.

— À moi aussi, lui souffla-t-elle.

Nesto, aux anges, se mit à sourire niaisement puis recula pour laisser les employés du chemin de fer refermer les portes. À travers la vitre, Edna lui faisait signe de la main pendant que le train commençait à s'ébranler au rythme de la respiration de la locomotive à vapeur.

Edna se repassa le film de sa vie ; elle faisait le trajet en sens contraire jusqu'à Longfield. Jamais elle n'aurait cru revenir un jour dans cet endroit pour y chercher de l'aide. Tant de choses s'étaient produites depuis qu'elle avait quitté le domaine au bras de Jimmy. Elle était à la fois excitée à l'idée de retrouver les membres de l'office, et terriblement angoissée en imaginant la réaction de Lady Ashford quand elle lui révélerait l'objet de sa visite. Peut-être se sentirait-elle offensée au point de demander à Orson Porter de la mettre dehors.

Elle avait eu le temps d'imaginer tous les scénarios possibles, du plus optimiste au plus catastrophique, durant le long trajet jusqu'à sa gare d'arrivée. Il lui resterait encore plus d'une bonne heure de marche pour se rendre au domaine.

Quand elle posa le pied sur le quai, elle leva la tête pour retrouver chaque détail de l'endroit. Au fond, c'était un peu comme si elle rentrait chez elle après de longues années d'absence. Encouragée par ce sentiment, elle s'élança sur le chemin qui séparait le village du domaine de Longfield.

À quelques miles de son lieu de destination, Edna fut dépassée par une automobile qui roulait si vite qu'elle préféra s'écarter pour la laisser passer. Elle avait l'habitude de ces engins bruyants, Londres en était saturée, mais ici, à la campagne, c'était tout de même bien plus rare.

En se remettant dans l'axe de la route, elle s'aperçut que la voiture s'était arrêtée sur le talus un peu plus loin. À sa grande stupeur, elle vit une femme en descendre et l'observer pendant qu'elle s'approchait. Il s'agissait d'une lady, ses vêtements ne laissaient aucun doute sur la question.

Les mains sur les hanches, l'étrange conductrice fronçait les sourcils comme pour mieux voir. Quand Edna ne fut plus qu'à quelques pas d'elle, elle s'exclama :

— Edna ? Est-ce bien vous ?

Cette voix, ce visage, ce regard… Et soudain, la mémoire revint à l'ancienne aide-cuisinière de Longfield.

— Lady Allen ? s'étonna Edna en s'inclinant.

— J'ai cru avoir la berlue quand je vous ai dépassée, mais c'est bien vous ! Vous allez à Longfield ?

— Oui, madame.

— Alors montez, je m'y rends aussi.

Edna avisa avec une certaine gêne cette grande dame qui lui offrait de la conduire.

— Je ne suis plus très loin, maintenant. Je peux terminer en marchant, madame.

— Me priveriez-vous de votre compagnie ? Allons, montez. Vous pourrez me raconter comment vous avez vécu ces dernières années et peut-être me dire ce qui vous amène à Longfield, dit-elle en lui lançant un clin d'œil.

Edna se souvenait du caractère entier et impétueux de la cousine de Lady Ashford, de son anticonformisme tapageur. Elle n'était donc pas étonnée de la voir conduire sa propre automobile et encore moins de se voir proposer de monter à son côté.

— Alors, racontez-moi tout, beugla Emily pour couvrir le bruit assourdissant du moteur.

Edna s'accrocha à ce qu'elle trouvait. Cette femme, toute lady qu'elle était, pilotait comme une diablesse.

Chapitre XXII

Jacob Philby était en train de lustrer l'automobile toute neuve de son patron. Il n'en revenait toujours pas d'avoir été choisi pour ce travail. Lui, le monstre défiguré. D'autant qu'il avait vu sortir ce jeune homme au regard plein d'assurance et au physique avantageux. Comment avait-il eu cette place ? Dieu seul le savait. Mais il était heureux. Faire partie du personnel d'un grand domaine comme celui de Longfield n'était pas à la portée du premier venu et ici, peut-être se sentirait-il moins seul.

Quand on trimbalait une infirmité comme la sienne en plein milieu du visage, il était difficile de se faire des relations. Peu de personnes avaient le courage de dépasser cette affreuse vision. Jacob espérait qu'à Longfield, les choses seraient différentes. Bien sûr, quand il avait mis les pieds pour la première fois à l'office, tous ou presque avaient eu un mouvement de recul en le voyant, mais cela n'avait pas duré. Il s'était même senti plutôt bien accueilli, tout particulièrement par la cuisinière, Louisa Alder, qui avait insisté pour qu'il goûte un morceau de gâteau au chocolat tout juste sorti du four.

Le chiffon à la main, il sifflotait, le cœur en paix, quand il entendit le ronronnement d'un moteur et le bruit du gravier crisser sous les pneus d'une voiture.

Il abandonna son ouvrage pour aller voir qui remontait l'allée. Il reconnut tout de suite la façon de conduire de la propriétaire de l'engin rouge lancé à toute berzingue sur l'accès du domaine.

Il se surprit à sourire. Lady Allen était de retour. Il n'aurait pas su comment qualifier cette étrange lady, qui n'avait même pas sourcillé en le découvrant pour la première fois quand elle était rentrée de son expédition orientale.

Il courut jusqu'à l'entrée. Moins d'une minute plus tard, elle s'arrêtait pile devant lui en effectuant un freinage d'urgence. Jacob découvrit sur le siège passager une jeune femme tétanisée et aussi blême qu'il était possible de l'être. Il ouvrit la porte à Lady Allen en s'obligeant à garder son sérieux.

— Merci, Jacob.

— Madame souhaite-t-elle que je ramène son véhicule jusqu'au garage ?

— Je vous en saurais gré, Jacob.

Le temps qu'il pose sa question, la dame de l'autre côté s'était extraite de l'automobile. Elle portait un mouchoir à sa bouche et des gouttes de sueur perlaient sur son joli front.

— Allez-vous bien ? s'enquit gentiment Jacob qui s'était précipité pour l'aider.

Edna, à moitié pliée en deux, s'appuyait d'une main mal assurée sur la voiture.

— Je vous remercie, je me sens déjà mieux, marmonna-t-elle derrière son mouchoir.

Emily les rejoignit. En constatant l'état de sa passagère, elle éprouva le besoin de s'excuser, non sans réprimer une furieuse envie de rire. Toutes ces femmes étaient si délicates, se dit-elle en louant le Seigneur de ne pas l'avoir affublée de cette fragilité, qu'elle estimait parfaitement insupportable.

— Allons, Edna, suivez-moi.

Mais l'ancienne aide-cuisinière de Longfield resta plantée sur place avec une mine circonspecte.

— Eh bien quoi ? Vous sentez-vous si mal que cela ? questionna Emily.

— C'est que, madame…

Elle n'acheva pas sa phrase et, à la place, fit une révérence. Lady Allen arqua un sourcil.

— Allons, Edna, allez-vous me dire ce qui se passe, à la fin ?

— Pardon, Lady Allen, mais c'est que je devrais passer par l'entrée de service, finit-elle par lâcher.

Emily faillit insister mais se ravisa.

— Je comprends, Edna. Inutile que Jacob vous accompagne, vous connaissez la maison. Montez dès que vous serez prête, je vais prévenir ma cousine de votre visite.

Edna, les mains crispées sur la poignée de sa petite valise, se dandinait encore sur place.

— Vous vouliez me dire autre chose, Edna ? devina Emily.

— Lady Catherine est-elle au domaine ?

Edna s'en voulut d'avoir posé la question. C'était stupide, elle n'aurait eu qu'à le demander à l'office.

Lady Allen croisa les bras en étudiant un peu plus attentivement la timide jeune femme.

— Je ne sais pas ce qui vous amène, mais j'ai la sensation qu'il s'agit de quelque chose de grave. Cette affreuse vipère de Catherine est bien à Longfield mais, par chance pour vous, je crois qu'elle avait prévu de partir en ville.

Emily Allen marqua une pause, un vague sourire sur les lèvres.

— Mais dans tous les cas, nous nous arrangerons pour qu'elle n'assiste pas à votre entretien avec Lady Ashford.

Edna recommença à respirer. Emily Allen avait parfaitement lu dans ses pensées. La présence de Lady Catherine lui aurait, de fait, enlevé toute chance de réussite dans son entreprise déjà très téméraire.

— Oh ! Merci, Lady Allen !

Cette dernière fronça encore les sourcils, de plus en plus perplexe.

— D'ailleurs, vous n'êtes pas non plus obligée de vous confier devant moi, Edna.

Celle-ci réfléchit un moment. Après tout, l'impétuosité de Lady Allen serait peut-être un atout, et si tel n'était pas le cas, Edna avait la conviction qu'elle ne serait pas non plus un obstacle.

— Je pense, au contraire, madame, que votre présence serait un précieux soutien.

— Très bien, Edna. Dans ce cas, à plus tard.

Et Lady Allen tourna les talons pour entrer dans la maison, son esprit vif foisonnant de questions.

Mrs Hallister était en train de s'entretenir avec Orson Porter au sujet d'une sombre histoire d'argenterie mal entretenue quand le majordome aperçut la visiteuse. Il crispa la mâchoire avant de déclarer froidement :

— Tiens donc, une revenante !

Mrs Hallister, suivant le regard de son interlocuteur, se retourna. Sa réaction fut inversement proportionnelle à celle de Porter. Elle leva les mains au ciel pour les ramener jointes devant sa bouche.

— Oh ! Seigneur ! Edna ? Est-ce bien vous ?

La jeune femme avait eu le temps de changer de physionomie durant toutes ces années. Elle était plus mince, avait perdu ses rondeurs de jeune fille, et son regard brillait d'une sombre étrangeté que l'intendante ne lui avait jamais connue auparavant. Pour autant, il n'y avait aucun doute, il s'agissait bien de l'ancienne aide-cuisinière de Longfield.

— Bonjour, madame Hallister. Monsieur Porter, ajouta-t-elle à l'intention du majordome qui la lorgnait d'un œil réprobateur comme s'il était sur le point de la gronder.

Edna posa sa valisette devant ses pieds et commença à retirer les épingles de son chapeau. L'intendante s'approcha d'elle pour lui prendre les mains.

— Quelle heureuse surprise ! Mrs Alder ne nous avait pas prévenus de votre arrivée.

— C'est que… ce n'était pas prévu. Louisa ne sait pas que je suis ici.

Porter, toujours aussi droit qu'un piquet, renifla, manifestement contrarié.

— Il est hors de question de vous loger ici, intervint-il avec sa brusquerie habituelle.

Mrs Hallister se retourna pour le foudroyer du regard.

— Je n'en avais pas l'intention, monsieur Porter, dit Edna. Je prendrai une chambre à l'auberge du village pour cette nuit et je repartirai dès demain.

— Vous m'en voyez satisfait.

Mrs Hallister attrapa la petite valise d'une main et le bras d'Edna de l'autre.

— Allons, venez boire une tasse de thé, ma chère. Mrs Alder sera si heureuse de vous voir.

Au passage, elle flanqua volontairement un coup de valise à Orson Porter, toujours planté au milieu du couloir.

— Quel vieil ogre, glissa-t-elle à Edna quand elles se furent un peu éloignées.

— C'est bien comme cela que je me souviens de lui.

— Comme vous pouvez le constater, rien ne change, ici.

Mrs Alder, les avant-bras posés sur la table, détaillait Edna avec le regard qu'aurait pu avoir une mère longtemps séparée de son enfant. Elle avait été si affectée de retrouver sa protégée qu'elle avait dû s'asseoir un instant pour retrouver ses esprits. Elle n'ignorait rien de ce qu'avait enduré Edna et se réjouissait de la retrouver si bien portante et bien mise.

— Alors, ma petite, dites-nous ce qui vous amène à Longfield.

Les iris clairs d'Edna s'assombrirent. Un bref instant, ces chaleureuses retrouvailles lui avaient fait perdre de vue son objectif. Mais dans son esprit flottait en permanence une image atroce, effrayante, insupportable : celle du corps sans vie de Will suspendu à la corde du gibet.

— Vous allez bien ? s'inquiéta Mrs Alder.

Edna secoua la tête, comme pour effacer ces pensées glaçantes.

— Oui, je vous remercie. Je suis simplement fatiguée par le voyage.

— La demoiselle a terminé son trajet dans l'auto de Lady Allen, lança Jacob en entrant dans la pièce.

L'odeur du thé noir l'avait attiré jusqu'à la cuisine.

— Ah ! Jacob, vous voilà, l'accueillit Mrs Alder.

Edna se retourna et, pour la première fois, posa réellement les yeux sur le chauffeur qu'elle avait croisé à l'extérieur. Une grande partie de son visage était ravagée mais son regard exprimait une profonde douceur.

— Je vous présente Jacob Philby, c'est le nouveau chauffeur de Mr Edward. Il vient d'acheter une automobile, vous savez.

— Oui, nous nous sommes vus dehors, expliqua Edna. Mr Philby a d'ailleurs presque dû me porter secours parce que je me sentais mal.

— Lady Allen vous a conduite jusqu'ici ? demanda Mrs Hallister, intriguée.

— Elle m'a trouvée sur le chemin. Lady Allen a une mémoire incroyable, elle m'a reconnue malgré toutes ces années. Et elle m'a proposé de faire le reste de la route avec elle. C'était très gentil de sa part, mais je dois bien vous avouer que j'ai cru que ma dernière heure était venue.

Ils éclatèrent de rire pendant qu'elle racontait son périple.

— Miss Emily a une conduite sportive, c'est certain, constata Jacob, un immense sourire sur les lèvres.

— Si ce n'était que sa conduite, s'amusa Mrs Hallister.

— Allons, Edna, allez-vous nous dire ce qui vous amène à Longfield ? demanda Mrs Alder en remplissant une tasse qu'elle destinait à Jacob.

— Je suis venue demander l'aide de Lady Ashford. Mais je suis navrée de ne pas pouvoir en dire davantage.

— Est-ce grave ? s'inquiéta Mrs Alder. Avez-vous des ennuis, ma chère petite ?

Edna secoua la tête en signe de dénégation.

— Je vais très bien, rassurez-vous, dit-elle en prenant affectueusement les mains de la cuisinière. Mais un ami à moi a des problèmes. Vous savez bien, je vous ai parlé de lui dans mes lettres.

Mrs Alder se recula dans sa chaise pour étudier plus avant sa protégée.

— Vous parlez de ce garçon qui vous a sauvé la vie ?

Edna baissa le nez sur sa tasse de thé. Une vive émotion s'empara d'elle. Les larmes aux yeux, elle déclara :

— Je ne peux rien vous dire de plus, mais je n'ai personne d'autre que Lady Ashford vers qui me tourner. S'il vous plaît, ne me posez pas de questions. Je ne pourrai pas y répondre.

Son ton était si grave que personne dans la pièce n'osa pousser plus avant ses investigations. Ils achevèrent de boire leur thé en parlant de tout et de rien jusqu'à ce qu'Edna, prenant son courage à deux mains, se décide enfin à demander audience à Lady Ashford.

Julia était dans la bibliothèque quand sa cousine, en arrivant, lui avait annoncé avoir « trouvé » la petite Edna sur le chemin.

— Il semble qu'elle cache quelque chose de grave.

— Grave au point de vouloir me parler ? s'étonna Julia qui ne voyait pas en quoi elle aurait pu lui être d'une aide quelconque.

— Elle n'a rien voulu me dire.

Elles étaient en train de conjecturer quand Mrs Hallister entra dans la pièce en faisant une révérence.

— Edna Fallen est à l'office, elle demande le privilège d'être reçue, madame.

— Je sais, Mrs Hallister, Lady Emily m'en a déjà informée. Vous pouvez la faire monter. Et demandez aussi à ce que l'on nous serve du thé.

L'intendante s'inclina de nouveau et sortit.

Quelques minutes plus tard, Edna fit son apparition par la grande porte de la bibliothèque, l'air tendu. Elle n'en menait pas large.

— Allons, Edna, que nous vaut le plaisir de votre visite ? l'encouragea Julia Ashford en l'invitant à s'asseoir d'un signe de la main.

Edna, préférant rester debout, déclina l'offre. Elle craignait qu'on lui ordonne de déguerpir, ayant bien conscience que demander à une lady d'aider un petit escroc notoire de Londres était une entreprise terriblement audacieuse.

On servit le thé et elles restèrent seules. Edna était toujours plantée comme une potiche à quelques mètres du canapé en velours bleu où s'étaient assises Julia et Emily.

— Voulez-vous du thé ? interrogea Emily Allen.

Elle pouvait sentir la détresse de la jeune femme.

— Merci, madame, mais on me l'a déjà offert à l'office, dit-elle en exécutant une petite courbette.

Les vieux réflexes avaient la vie dure.

— Nous vous écoutons, l'encouragea Lady Allen avec un sourire bienveillant. À moins que vous n'ayez changé d'avis au sujet de ma présence… Je peux vous laisser seule avec Lady Ashford si vous préférez.

— Oh non, madame ! J'aimerais vraiment que vous restiez.

Et Edna, courageusement, se lança dans un long et pénible récit de sa vie depuis qu'elle avait quitté le domaine. Son mariage calamiteux avec Jimmy Fallen, les violences qu'elle avait subies et sa rencontre avec la famille Murphy. Au moment où elle évoqua le nom de Will Murphy, le cœur de Julia s'arrêta un instant. Elle se félicita d'être assise pour accuser le coup. Comment se pouvait-il qu'il entre à nouveau dans son existence par le biais de cette frêle jeune femme ? L'avait-elle désiré au point que cela se produise ?

Au fur et à mesure qu'Edna avançait dans son histoire, l'esprit de Julia s'embrouillait dans un tumulte d'images où Will était partout. Elle l'imaginait, sauvant Edna des griffes de son mari comme il l'avait sauvée, elle, quand ils n'étaient encore que des enfants. Arrachant sa sœur à un destin funeste en s'accusant à sa place. Tout ce que lui décrivait Edna ressemblait en tout point à ce qu'elle conservait comme souvenir de Will. Courageux, déterminé et doux. Julia se rendit compte en regardant ses mains qu'elle serrait le tissu de sa robe avec force. Sa cousine, qui s'en était aperçu, l'observait du coin de l'œil avec une mine inquiète.

— Voilà, madame, je vous ai tout raconté. Je ne savais plus vers qui me tourner. Croyez bien qu'il m'a été difficile de prendre la décision de venir vous demander de l'aide.

— Will Murphy... réfléchit tout haut Emily, à qui ce nom disait quelque chose.

Elle se tourna vers sa cousine qui se mit à rougir violemment.

— Tu te souviens de l'épisode de mon agression par des brigands quand je n'étais qu'une enfant ?

Emily comprit aussitôt.

— Mon Dieu, oui ! Le fils du métayer ! Le garçon sur la photo...

Emily Allen se souvenait parfaitement de ce beau jeune homme robuste au regard clair et à la mâchoire carrée. Elle se rappelait aussi avec beaucoup de vigueur la mise en garde qu'elle avait faite à sa cousine quand elle avait constaté que cette dernière passait beaucoup trop de temps avec un garçon de ferme. Cette histoire avait été reléguée aux oubliettes dès lors que Charles Ashford était entré dans la vie de Julia, mais, aujourd'hui, Charles n'était plus, et en observant le visage décomposé de sa cousine, Emily acquit la certitude que le feu couvait toujours dans son âme, couvait même dangereusement.

— Je comprendrais que vous refusiez de m'aider, Lady Julia, acheva Edna. Je m'étonne même d'avoir l'aplomb de me trouver ici.

Julia peinait à trouver quelque chose à répondre tant elle était bouleversée.

— Peut-être pourrions-nous prendre le temps de la réflexion, Julia ? proposa Emily à sa cousine pour lui venir en aide.

Julia ne sembla pas l'entendre. Le regard fixé sur un point invisible, elle demanda :

— Comment saviez-vous que Will Murphy et moi-même nous connaissions ?

Edna préféra passer sous silence l'épisode des lettres.

— Il demandait toujours de vos nouvelles. Il n'a jamais rien dit de la manière dont il vous avait rencontrée mais j'en avais déduit, peut-être à tort, qu'il vous avait approchée un jour. Il a été si affecté d'apprendre que votre accouchement s'était mal passé...

Edna décida de se taire ; elle en avait déjà bien assez dit.

Le feu aux joues et les larmes aux yeux, Julia leva le regard sur son interlocutrice.

— Affecté, vous dites ?

Était-il possible qu'après toutes ces années, Will pense toujours à elle ?

— « Bouleversé » serait un terme plus approprié, madame, murmura Edna, mal à l'aise.

Les nerfs de Julia étaient sur le point de lâcher. Sa cousine, devinant son trouble grandissant, écourta l'entretien.

— Laissez-nous un délai. Passez la nuit à Longfield et nous vous donnerons une réponse demain, dit Emily en se postant devant Julia pour tenter de dissimuler son émotion.

— Je passerai la nuit à l'auberge, madame, répondit Edna.

— Pourquoi pas ici ?

— Mr Porter m'a expressément fait comprendre que ce ne serait pas possible, madame. Ce que je comprends fort bien.

— Ah oui, Porter, évidemment, toujours dans les mauvais coups, celui-là, s'agaça Lady Allen. Alors, soit, mais je suppose que vous dînerez à l'office pour l'occasion.

— Sans doute, madame. Mr Porter ne s'y est pas opposé, en tout cas.

— Très bien, je vous raccompagnerai après en voiture, dans ce cas.

Edna se raidit.

— Je peux très bien y aller à pied, madame, je vous remercie…

Emily, lisant dans ses pensées, se mit à sourire pour la première fois depuis le début de leur entretien :

— Je comprends. Jacob vous raccompagnera.

— Merci, madame, murmura Edna, soulagée, en s'éclipsant pour rejoindre l'entresol.

Emily referma la porte de la bibliothèque et se retourna vers sa cousine. Quand elle découvrit le triste spectacle de Julia en larmes et la tête entre les mains, elle s'adossa à la porte en soupirant bruyamment.

Chapitre XXIII

Excepté l'électricité, Longfield était tel qu'Edna l'avait laissé quelques années plus tôt. Elle se remémora avec nostalgie ce temps révolu où, lors des grandes réceptions, il fallait allumer les centaines de chandelles des somptueux lustres du grand salon.

Elle sortit pour respirer l'air pur de la campagne. En longeant le chemin qui bordait le potager voisin de la grange où l'on avait garé la nouvelle voiture d'Edward Ashford, elle tomba sur le chauffeur et dut faire un effort conséquent pour cacher sa gêne : les stigmates que ce pauvre garçon avait sur le visage étaient perturbants. Il souleva sa casquette pour la saluer quand il la vit s'approcher.

— Alors, voilà la nouvelle voiture du maître ?

— Tout juste, madame. Comment la trouvez-vous ?

— Très belle, mentit Edna.

Elle n'avait aucun attrait pour toutes ces choses roulantes mais le jeune chauffeur semblait si enthousiaste qu'elle préféra taire le véritable fond de sa pensée.

— Vous avez travaillé ici comme aide-cuisinière, m'a dit Mrs Hallister.

— C'était il y a bien longtemps, maintenant.

— Pourquoi êtes-vous partie ?

— Je me suis mariée...

— Je vois, répondit Jacob sans pousser plus avant son questionnement.

Quelque chose dans l'attitude de son interlocutrice laissait deviner que cette union n'était pas des plus heureuses. Il alluma une cigarette et lui en proposa une.

— Non, je ne fume pas, pouffa-t-elle, mal à l'aise.

— Les dames ne sont pas censées fumer, c'est vrai. Pourtant, un jour, vous verrez, vous ferez exactement tout comme les hommes.

Edna rit encore.

— J'ai bien peur que ce jour soit encore bien loin de nous. Vous vous plaisez, ici ?

— Oui, j'aime cet endroit. C'est tellement rare que je sois si bien accueilli.

— Cette chère Louisa semble vous avoir pris sous son aile protectrice.

— Oui, fit-il dans un sourire. Les maîtres aussi ont été très gentils. Je crois d'ailleurs devoir ma place à Lady Ashford. Je suis encore étonné qu'ils n'aient pas préféré l'autre chauffeur. Il était normal, lui.

— Vous êtes normal, monsieur Philby, objecta Edna.

— Non, madame, je ne le suis pas et ne le serai jamais.

Elle hésita un instant avant de reprendre la parole.

— Puis-je vous demander comment cela vous est arrivé ?

Jacob s'appuya sur la voiture, le regard posé sur ses pieds. Il s'essuyait les mains sur un chiffon.

— Un incendie quand j'avais dix ans. Un soir, mon père est rentré encore plus saoul que d'habitude et il a accidentellement mis le feu au seul rideau de la maison. Tout s'est embrasé à une vitesse déroutante. J'ai juste eu le temps de sortir ma petite sœur mais tout le reste de ma famille est mort dans la catastrophe.

— Et votre sœur ?

— Morte quelques mois plus tard. Elle n'avait que trois ans à l'époque et ses poumons n'ont pas supporté la fumée. Et puis, vous savez, la vie dans les orphelinats...

Edna ne put s'empêcher de remarquer la douleur dans son regard.

— Vous vous êtes retrouvé seul à dix ans, comprit-elle.

— Aussi seul qu'un être humain puisse l'être.

— Je suis sincèrement désolée, monsieur Philby.

Elle le trouva si touchant à cet instant qu'elle en oublia cette moitié de visage déformé par les brûlures. Il se mit à rire en balayant l'air de la main.

— Ne le soyez pas. Au fond, peut-être que quelqu'un veille sur moi. À mes treize ans, un homme formidable a accepté de me prendre en apprentissage. Avec lui, j'ai pu apprendre tout ce qu'il y avait à savoir sur les automobiles. Quand il est mort l'année dernière, son fils a décidé de vendre le garage et j'ai atterri ici. Vous vous doutez bien qu'avec une telle marque sur le visage, il m'a été difficile de trouver un nouvel emploi. Je m'estime donc très chanceux.

— Vous n'auriez pas dû rencontrer autant de problèmes, s'agaça Edna.

— C'est ainsi, fit-il en haussant les épaules. Mais je dois vous avouer que, pour la première fois depuis longtemps, j'ai l'impression d'avoir trouvé un foyer. Je crois même pouvoir dire que je suis heureux, peut-être plus que je ne l'ai jamais été.

— Je suis contente pour vous, monsieur Philby.

Un mouvement au-dehors attira leur attention. Lady Catherine, échevelée et les yeux brillants, revenait tardivement au domaine. Elle était partie à cheval tôt dans la journée.

— Je me demande d'où elle peut bien revenir, pensa tout haut Jacob.

— Elle a certainement fait une promenade.

— Toute la journée ? Et deux fois dans la même semaine ?

Edna ne pouvait pas nier que l'attitude de Lady Wordworth était inhabituelle.

Jacob, en consultant la pendule suspendue, déclara qu'il était l'heure de retourner au domaine. Mrs Alder ne tarderait pas à servir le dîner à l'office. Edna le suivit, non sans au préalable jeter un dernier coup d'œil intrigué en direction des écuries d'où Lady Catherine sortait avec un air à la fois coupable et réjoui. L'ancienne aide-cuisinière de Longfield n'ignorait pas la passion pour les hommes de Lady Catherine et elle se demanda si l'un d'entre eux était derrière ces joues rosies par l'émotion.

Emily faisait les cent pas devant l'une des grandes fenêtres en se mordillant nerveusement l'ongle du petit doigt. Julia, tentant de s'extraire de sa léthargie, finit par demander :

— Que dois-je faire, Emily ?

— Je n'en sais encore rien. Mais il me semble que tout ceci serait bien plus limpide si tu ne nourrissais pas des sentiments si forts à l'égard de ce garçon que tu n'as plus vu depuis des années.

Elle s'arrêta brusquement pour faire volte-face, comme si une affreuse idée venait de la frapper.

— C'est bien le cas, n'est-ce pas ? Vous ne vous êtes jamais revus ?

— Emily !

— Ne prends pas cet air choqué avec moi, Julia ! Il est naturel que je te pose cette question. Tu aurais dû voir ton expression quand cette pauvre fille a prononcé le nom de Will Murphy. Déjà l'autre jour, quand nous regardions les albums photo et que nous sommes tombés sur lui, ta réaction m'avait paru étrange.

— J'étais très attachée à lui, Emily, et tu le sais parfaitement. Et j'ai fait ce qu'il fallait pour l'écarter de ma vie. C'est bien ce que vous vouliez tous, non ? se défendit Julia.

Emily, si froide qu'elle paraisse, savait par quelles affres avait pu passer sa cousine. Elle-même s'était interdit d'épouser un jeune officier quelques années plus tôt. Non parce qu'elle manquait de sentiments à son égard, mais plutôt parce que l'idée du mariage la terrifiait au point d'assumer jusqu'au bout sa ferme décision de rester vieille fille.

— D'accord, Julia, mais j'ai besoin que tu m'assures d'une chose.

— Je t'écoute.

— Te crois-tu suffisamment forte pour rester loin de cet homme si nous prenons le parti de lui porter assistance ?

Emily savait déjà qu'elle voulait l'aider. Son courage, elle devait bien l'admettre, forçait le respect.

— Pour qui me prends-tu, Emily ?

— Pour rien d'autre qu'une femme qui nourrit des sentiments dangereux.

Julia se leva d'un bond.

— Je ne suis pas amoureuse de Will Murphy !

Emily lui décocha un regard sévère. L'emportement de Julia n'avait rien de rassurant.

— Malheureusement, je pense que tu l'es. J'en suis presque certaine. Je crois même entrevoir que tu n'as jamais cessé de l'être.

Julia en avait le souffle coupé.

— Tu m'insultes, ma cousine ! Je n'ai été qu'à Charles et je suis toujours à lui. Que me reproches-tu à la fin ? Ce n'est tout de même pas moi qui ai fait venir cette fille jusqu'ici !

Emily Allen réfléchissait toujours à la meilleure façon de gérer cette crise.

— Non, c'est vrai, tu n'as rien demandé, se radoucit-elle. Mais je suis certaine que tu ne seras pas capable de rester à distance de ce Will si tu le rencontres à nouveau.

Julia ne protesta pas. Emily avait raison. Elle se remémorait ce moment où les choses avaient failli déraper dans la grange. Ce même jour où elle lui avait annoncé son engagement avec Charles. Comme elle avait désiré bien plus que ce baiser ! Non, elle n'avait rien oublié. Rien ne s'était effacé. Rien ne s'effacerait jamais.

— À quoi penses-tu ? demanda-t-elle à sa cousine en s'arrachant à sa mémoire.

— J'ai bien une idée. Mais avant toute chose, tu dois me promettre de ne jamais essayer d'entrer en contact avec lui de quelque manière que ce soit. De la même façon, il ne devra jamais savoir que tu es impliquée dans son… voyons, comment qualifier cela ? « Sauvetage ».

— As-tu si peu confiance en moi, Emily ?

— J'essaye simplement de te préserver de toi-même.

Julia baissa la tête. Elle se sentait comme une enfant prise en faute. Elle aurait dû refuser de se laisser dominer de la sorte. Emily pensait bien faire mais, en réalité, elle la blessait terriblement en lui demandant cela. Julia ne savait pas ce qui la heurtait le plus : que sa cousine de seulement trois ans son aînée se comporte avec elle comme si elle avait été sa mère, ou le parjure qu'elle commettait en lui faisant une promesse qu'elle ne pourrait pas tenir. Qu'elle ne voulait pas tenir.

— Penses-tu pouvoir l'aider ?

— Promets d'abord, Julia.

C'était un ordre.

— Je peux te poser une question, Emily ? dit sombrement Julia en se laissant tomber sur le sofa. À ma place, accepterais-tu que je t'impose une telle décision ?

— Si je risquais ma réputation, ma maison, ma famille et mon fils, sans aucun doute.

Julia leva un regard interloqué sur Emily. Elle n'avait pas pensé une minute à Charles junior. Elle était bien obligée de se rendre à l'évidence. Sa cousine avait raison. Elle devait avant toute chose songer à son enfant. Et il était tout aussi évident que ce qu'elle éprouvait toujours pour Will Murphy était assez fort et troublant pour qu'elle ait eu la faiblesse, même passagère, d'oublier les intérêts de l'héritier de Longfield.

— Tu as raison, Emily.

Emily posa un regard protecteur et désolé sur sa cousine.

— Tu promets, en ce cas ?

— Je promets, capitula Julia.

Emily poussa un profond soupir de soulagement. Elle aurait détesté l'idée de ne pas pouvoir réparer une injustice. Surtout si elle était sûre d'en avoir les moyens. Elle devait révéler son plan à sa cousine au plus vite et préparer son retour à Londres. Le temps leur était compté.

Chapitre XXIV

Catherine filait le long des couloirs de Longfield en priant pour ne croiser personne. N'importe qui aurait tôt fait de trouver son attitude suspecte. En passant devant un miroir, elle s'aperçut que son chemisier était mal reboutonné. Difficile quand on n'a pas l'habitude de s'habiller seule. Si par malheur elle rencontrait un valet de pied ou une de ces affreuses femmes de chambre, ils auraient tôt fait de jaser entre eux. Elle savait par Cross que les domestiques de Longfield s'amusaient beaucoup des passes d'armes qui l'opposaient régulièrement à cette garce d'Emily Allen.

Arrivée devant la porte de sa chambre, elle s'engouffra à l'intérieur en refermant précipitamment derrière elle. Enfin, elle était à l'abri des regards ! Elle avait du mal à croire qu'elle avait pu faire une telle chose. Si cela venait à se savoir, c'en serait terminé de sa réputation.

Debout devant sa psyché, elle reboutonna à la hâte son chemisier. Il était tard et Lord Forster ne tarderait pas à arriver pour le dîner. Il la courtisait depuis plusieurs semaines mais elle hésitait. Certes, c'était un duc, mais elle le trouvait terriblement vieux et ennuyeux.

Benjamin Pike… Le chauffeur que son cher petit frère avait refusé d'embaucher. Elle l'avait croisé par hasard lors d'une de ses promenades à cheval sur le chemin menant au village. Ils avaient alors commencé à discuter, de manière innocente dans un premier temps. Puis, sans ignorer dans quoi elle s'engageait, elle l'avait suivi dans le bois. Elle l'avait laissé faire. Elle avait désiré ce chauffeur dès le moment où elle avait posé le regard sur lui. Beau, athlétique, séduisant, viril, Benjamin Pike était tout ce qui avait manqué à ses maris. Elle voulait y goûter, au moins une fois.

Il l'avait plaquée brutalement contre un arbre pour l'embrasser. Au lieu de le gifler, elle l'avait encouragé. Il l'avait alors prise dans le bois comme une vulgaire fille de ferme. Coupablement, elle avait installé le chauffeur dans un petit cottage à quelques miles du domaine où personne ne se rendait jamais. Aucun homme avant lui ne lui avait fait l'amour avec une telle hargne. Sans doute aurait-elle dû s'inquiéter de la brutalité de son amant mais pour l'heure, elle était trop enfiévrée pour avoir les idées claires. Catherine n'avait qu'une obsession, laisser, encore et encore, Pike se glisser entre ses cuisses pour la posséder tout entière.

Elle se rendait compte du jeu dangereux auquel elle se livrait. Pike n'avait pas attendu longtemps avant de lui réclamer de l'argent. Mais en s'observant dans le miroir, elle se remémorait l'après-midi qu'elle venait de passer au cottage. Elle se sourit en se disant que la partie de débauche à laquelle elle s'était livrée aurait fait rougir de honte la putain la plus aguerrie d'Angleterre.

Astrid Cross entra dans la chambre au moment où elle se faisait cette réflexion.

— Madame m'a fait demander ?

— Oui, Cross. Je suis très en retard. Je dois m'habiller pour le dîner, Lord Forster sera des nôtres ce soir.

— Madame a-t-elle pris une décision ?

Cross avait sorti une robe bleue qui faisait particulièrement bien ressortir le teint parfait de sa maîtresse.

— Toujours pas. Il est si vieux…

Lord Forster avait soixante ans et Catherine quarante-deux. Ce n'était pas une différence d'âge infranchissable, mais elle aurait préféré un mari un peu plus fringant que lui.

Cross, en retirant le jupon de sa maîtresse, s'aperçut qu'il était taché d'une substance qui ne laissait guère de place au doute. Elle fit comme si elle n'avait rien remarqué, roula le vêtement compromettant et se promit de le laver sans tarder.

— Madame a-t-elle passé une bonne journée ?

Catherine fixa sa femme de chambre avec froideur. Une telle question n'avait rien d'anodin dans sa bouche. Cette boniche la connaissait mieux que sa propre mère.

— Excellente, Cross. Il n'y a rien de mieux que l'air pur de l'extérieur. Et ces longues promenades m'évitent la compagnie insupportable d'Emily Allen.

— Je suis obligée de prendre mes repas dans ma chambre à cause de sa négresse, répliqua Cross.

— Vous forcer à manger à la même table que cette femme est scandaleux. J'en ai d'ailleurs parlé à mon frère qui n'a rien voulu entendre. Je suis désolée que vous soyez contrainte de manger seule. Cette Emily Allen apporte la honte sur le domaine dès qu'elle y pose le pied.

Cross s'activait autour de Catherine. L'air de rien, elle ajouta :

— En parlant de cela, madame… Il s'est produit quelque chose pendant que vous n'étiez pas là.

Catherine se figea, soudain tout ouïe. Sa femme de chambre n'avait pas son pareil quand il s'agissait de dénicher des informations croustillantes.

— Vous vous souvenez de cette potiche d'Edna qui travaillait à Longfield il y a quelques années ?

Lady Catherine réfléchit, mais ce nom ne lui disait rien.

— C'était pendant votre second mariage, précisa Astrid Cross.

— Nous n'étions pas souvent à Longfield à cette époque.

— En effet, madame.

— Soit, peu importe, Cross. Qu'avez-vous à me raconter ?

La sculpturale table de la salle à manger était dressée. Des chandelles allumées pour l'occasion égayaient l'ambiance. Julia s'était remise de la visite d'Edna et les choses lui apparaissaient désormais plus clairement. Sa cousine avait raison, elle devait rester loin de Will. Tout du moins tentait-elle de s'en persuader. En attendant l'heure du dîner, elles s'étaient retirées dans la chambre d'Emily pour discuter. Julia, assise dans une bergère, s'extasiait sur sa cousine qui s'occupait seule de sa coiffure. Emily avait préféré donner sa soirée à Magda pour avoir le champ libre. Elle avait une confiance infinie dans sa femme de chambre mais restait persuadée que moins de gens seraient au courant, mieux ce serait.

— Alors, vas-tu enfin me dire ce qu'il en est ? s'impatienta Julia. J'ai pressé cette pauvre Alma pour être prête plus tôt.

Elle regarda sa cousine glisser une libellule en pierres précieuses dans son chignon. Emily la fascinait. Elle l'avait toujours trouvée plus belle qu'elle, avec sa longue chevelure châtain et son regard d'ambre. Il y avait quelque chose chez elle qui rappelait la regrettée grande impératrice Sissi.

— Tu te souviens de mon amie Clementine Hozier ?

Ce nom disait vaguement quelque chose à Julia.

— Peut-être, en effet…

Emily s'arrêta de s'appliquer sur ses cheveux pour lever un regard sévère sur sa cousine.

— Décidément, il est bien vrai que tu n'entends strictement rien à la politique.

— C'est un fait, Emily. Pourquoi revenir dessus ? Vas-tu encore me faire la leçon ?

Emily se dirigea vers Julia pour l'embrasser sur la joue.

— Pardonne-moi, tu sais bien que je t'aime telle que tu es. Même si je pense qu'un tout petit peu plus de culture ne te ferait pas de mal.

Julia soupira bruyamment.

— Donc tu ne te rappelles pas cette amie si chère à mon cœur dont je t'ai pourtant déjà parlé à plusieurs reprises ?

Soudain, Julia eut une illumination.

— Mrs Churchill !

— Ah, tout de même, il t'en aura fallu du temps.

Pour autant, si cette solution semblait beaucoup enthousiasmer sa cousine, Julia, quant à elle, n'avait qu'une piètre estime de ce Winston Churchill, tantôt conservateur, tantôt libéral. Confier le destin de Will à pareille girouette lui apparaissait comme une entreprise trop hasardeuse. Elle s'en ouvrit précautionneusement à Emily.

— Lui as-tu déjà parlé pour porter un tel jugement sur son compte ? répliqua celle-ci.

— Non, bien sûr que non, reconnut Julia qui sentait qu'elle était encore sur le point de se faire sermonner.

— Dans ce cas, tu ne peux être bon juge en la matière. Je crois que c'est sans doute l'homme le plus brillant qu'il m'ait été donné de rencontrer.

Évidemment qu'Emily appréciait Winston Churchill. À sa manière, elle était aussi tête brûlée que lui.

— Nous avons évidemment des points de désaccord. Surtout en ce qui concerne le droit de vote des femmes. Mais il est probablement l'homme politique le plus visionnaire de toute sa génération.

— Qu'est-ce qui te fait penser qu'il acceptera de t'aider ? Après tout, qu'en a-t-il à faire de la vie de Will ?

Emily sortait de son écrin de velours un long collier de perles. On pouvait être suffragiste et aimer les bijoux.

— Rien, tu as raison sur ce point. Mais son épouse est une très bonne amie et je suis certaine que lui et moi nous entendons bien. Clementine m'a confié que j'étais l'une des rares femmes avec qui il lui plaisait de discuter politique. Et puis, il est premier Lord de l'Amirauté, tout de même. Il a des relations qu'il pourra certainement faire jouer. Je suppose aussi qu'il a dû garder quelques contacts utiles de son passage comme ministre de l'Intérieur. Croismoi, Julia, c'est l'homme de la situation.

— Je suis bien obligée de te laisser faire, étant donné que je n'ai aucune idée de la stratégie à adopter. Heureusement que tu es là.

— J'ai aussi une autre idée, mais je t'en parlerai en temps voulu.

— Oh non ! Pitié, ne me laisse pas dans l'ignorance !

Emily semblait beaucoup s'amuser de l'impatience de sa cousine. Elle s'assit aux pieds de la chauffeuse qu'occupait Julia et, d'un geste du doigt, l'incita à se pencher vers elle comme pour lui souffler un secret à l'oreille.

— Je vais embaucher un détective privé, murmura-t-elle.

— Emily ? Puis-je te rappeler qu'il ne s'agit pas d'un jeu ? Que Will risque la potence ?

Lady Allen se redressa en retrouvant instantanément son sérieux.

— Rien de tout cela ne m'amuse. J'ai à cœur de sauver ce garçon, non pas parce que tu l'aimes, mais parce qu'il a agi avec courage, et à plusieurs reprises de surcroît. Il mérite de recevoir de l'aide à son tour.

— Tu étais sérieuse pour le détective ?

— Bien sûr. J'ai d'ailleurs déjà un nom en tête. Tout le monde ne parle que de lui à Londres. À ce qu'il paraît, aucun mystère ne lui résiste. Il nous faut descendre maintenant, je ne tiens pas à faire traîner ce dîner. Demain, je dois me lever tôt.

— Pourquoi cela ?

— Enfin, mais pour aller à Londres !

— Tu ne m'as rien dit. Je ne serai jamais prête pour t'accompagner.

Emily lança un regard glacial à sa cousine.

— Cela tombe parfaitement bien, parce que tu restes sagement à Longfield avec ton adorable petit Charles. Je me chargerai seule de cette histoire.

Chapitre XXV

Attablé à l'immense table en chêne du salon, Lord Forster s'entretenait avec Edward au sujet d'une éventuelle partie de chasse. Catherine regardait son potentiel futur époux d'un œil morne. Plus elle le côtoyait, moins cet être insipide lui plaisait. Pourtant, cette union lui permettrait de mettre enfin la main sur ce titre de duchesse qu'elle convoitait depuis si longtemps. Si seulement ce vieil homme ombrageux et austère avait pu avoir autant de charme que Pike, se dit-elle. Elle rougit à la seule pensée du chauffeur en baissant les yeux sur son assiette. Catherine brûlait d'être au lendemain pour le revoir. Il la soumettrait comme il avait l'habitude de le faire. Il traitait les femmes ainsi, il le lui avait bien fait comprendre. Honteusement, elle s'était faite à l'idée d'être dominée par ce vulgaire chauffeur. Plus grave encore, elle aimait ça. Elle s'arracha à la pensée de son amant pour tourner son attention sur sa belle-sœur. Cette dernière avait une mine blême et contrariée, qui, devina Catherine, devait avoir un lien avec la visite de l'ancienne employée dont Cross lui avait fait part. Elle décida de mettre le sujet sur le tapis, histoire de pimenter un peu cette soirée qu'elle trouvait proprement assommante.

— On m'a dit que vous aviez reçu une visite aujourd'hui, ma chère.

Julia, interloquée, resta avec sa fourchette en l'air le temps de trouver quoi répondre.

— En effet, Catherine.

Elle se dit qu'en en racontant le moins possible, elle se sortirait plus facilement de cette situation. Elle connaissait trop bien sa belle-sœur pour ne pas comprendre que sa question n'avait rien d'innocent.

— On m'a dit qu'il s'agissait de cette aide-cuisinière partie il y a quelques années... Voyons... Comment se prénommait-elle, déjà ?

— Edna, intervint Emily. Et cessez de dire « on », nous savons tous parfaitement que le « on » en question est votre perfide femme de chambre, Catherine.

Emily n'avait pas l'intention de laisser Catherine ennuyer sa cousine. Elle avait sensiblement haussé le ton, suffisamment pour attirer l'attention d'Edward et de Lord Forster.

Porter leva les yeux au ciel en pressentant que le repas allait encore tourner à la catastrophe. Même la présence d'un duc ne pouvait pas fermer la bouche orageuse de cette Lady Allen, se dit-il. Catherine, sur sa lancée, ignora la remarque de son ennemie et s'entêta dans son questionnement.

— C'est gentil à elle d'être venue nous faire une visite.

Elle marqua une pause en dévisageant Julia, assise en face d'elle.

— En revanche, je ne peux que m'interroger sur sa présence dans la bibliothèque. Vous a-t-elle demandé audience ?

Emily fulminait. Julia, sachant qu'elle risquait de sortir de ses gonds, prit doucement sa main sous la table.

— Emily lui a proposé de monter boire une tasse de thé pour se remettre de son trajet en voiture avec elle, répondit Julia en riant.

Edward se détendit un peu mais, connaissant sa sœur, il se doutait qu'elle avait une idée précise derrière la tête, et comme à son habitude, elle pousserait son examen jusqu'aux limites de l'acceptable.

— Oh, c'est si aimable de votre part, ironisa-t-elle. Si nous devons inviter tous nos domestiques à prendre le thé… Je trouve cela assez inapproprié, pour tout dire, à moins que cette femme soit venue vous entretenir d'un problème qui vous concerne à titre personnel…

Julia s'empourpra. Peut-être que Cross avait écouté derrière la porte. Elle en était tout à fait capable.

— Vous vous sentez mal, très chère ? insista Lady Catherine avec une expression malsaine.

C'en était trop pour Emily. Si Catherine voulait jouer, alors elle allait trouver une adversaire à sa taille !

— Si vous n'aviez pas disparu toute la journée, vous auriez pu constater par vous-même que ce n'était qu'un banal thé en souvenir du bon vieux temps. D'ailleurs, où étiez-vous ? Et tant que nous y sommes, où avez-vous passé la journée d'hier ?

Mark, le valet de pied posté près du buffet, sentait l'orage gronder. À son côté, Porter s'agita, mal à l'aise.

— J'étais en ville ! riposta Catherine en se redressant.

— Et avez-vous prévu de retourner en ville demain ? insista Emily. Si tel était le cas, je pourrais peut-être vous y accompagner.

— Je ne sais pas… s'embrouilla-t-elle. Peut-être, mais je doute que vous preniez plaisir aux activités qui sont les miennes.

— Et de quelles sortes d'activités s'agit-il ?

— Je fais des achats, rien qui puisse vous intéresser !

Catherine avait presque crié cette dernière phrase. Un sourire triomphant se dessina sur le visage d'Emily. Catherine ne reviendrait plus à la charge concernant la visite d'Edna. Mais son empressement à décliner la proposition d'Emily laissa celle-ci perplexe. Elle côtoyait cette mégère depuis maintenant suffisamment longtemps pour deviner qu'elle cachait quelque chose. Restait à savoir quoi. Elle enfonça le clou :

— Je me rends à Londres, de toute façon. Ainsi, vous pourrez continuer à vaquer à vos mystérieuses occupations, Catherine.

Edward dévisagea sa sœur avec insistance. Lord Forster, tout occupé à trier le contenu de son assiette, ne sembla s'être aperçu de rien.

Le lendemain matin, Lady Emily se réveilla bien avant que le soleil n'amorce sa course dans le ciel. Elle avait donné des consignes en sachant pertinemment qu'elle serait levée en même temps que les domestiques. Elle tira sur la corde accrochée près de son lit. Plusieurs étages plus bas, Magda se leva de la table de la cuisine pour rejoindre sa maîtresse.

— Je me demande bien ce qui peut pousser Lady Allen à se lever de si bonne heure, dit Mrs Alder au moment où la sonnette s'agitait.

— Je n'en ai pas la moindre idée, elle ne m'a rien dit, éluda Magda.

Emily Allen lui avait seulement déclaré avant de lui donner sa soirée : « Nous avons une injustice à réparer, Magda, et une vie à sauver, aussi. » La jeune femme de chambre n'avait pas cherché à en savoir plus. C'était à sa maîtresse de choisir de la mettre ou non dans la confidence.

— Ah, Magda, vous voilà ! Nous devons faire vite, je veux arriver avant midi pour faire porter un message à Mrs Churchill dans la journée. Mon Dieu, j'espère qu'ils seront à Londres.

La femme de chambre tiqua à l'évocation du nom de Churchill.

— Vous parlez bien de l'épouse du premier Lord de l'Amirauté, madame ?

— C'est exactement cela. Allons, dépêchons, nous n'avons pas une minute à perdre. Je me demande si nous n'aurions pas dû prendre le train.

Emily se mordait la lèvre devant le miroir, un tic nerveux qu'elle réservait aux moments où elle était en grande réflexion.

— Il ne va guère plus vite que mon automobile, de toute façon. Nous devons juste espérer ne pas rencontrer d'avarie sur le chemin.

— Mr Philby s'est levé tôt ce matin pour s'assurer que votre voiture serait prête.

— Quel gentil garçon nous avons là, approuva Emily tout en continuant ses préparatifs. Nous devons passer à l'auberge, j'ai quelqu'un à y voir.

Moins d'une heure plus tard, Lady Allen, au volant de son bolide, remontait l'allée de Longfield jusqu'à la sortie du domaine. Julia était venue l'embrasser devant la porte. Tandis qu'elle regardait s'éloigner sa cousine, son cœur se noya dans un torrent d'anxiété. Elle remettait la vie de l'homme qu'elle aimait dans les mains d'une autre. Elle avait déjà perdu Charles, elle savait qu'elle n'aurait jamais Will comme elle le souhaitait, mais elle ne pouvait accepter qu'on le pende.

Les occupants de l'auberge étaient des lève-tôt. Quelle ne fut pas leur surprise quand ils virent débarquer une des grandes dames du domaine de Longfield.

— Mrs Edna Fallen, s'il vous plaît, demanda Emily Allen en s'approchant du comptoir.

Elle retira consciencieusement ses gants pendant que quelqu'un courait chercher Edna.

— Madame souhaite-t-elle boire quelque chose ? s'enquit la tenancière qui avait encore du mal à croire que cette femme du monde se trouvait dans son modeste petit établissement de campagne.

Emily déclina ; elle n'avait pas le temps pour une tasse de thé.

Edna apparut, habillée à la va-vite, ses cheveux lâchés cachés sous un foulard. Elle écarquilla les yeux de surprise en découvrant qui l'attendait.

— Oh, madame. Je suis navrée de vous recevoir dans une telle tenue. C'est que… Je ne m'attendais pas à votre visite.

— Non, c'est évident, Edna, comment l'auriez-vous pu ?

Edna se détendit.

— Je suis simplement venue vous dire que je pars pour Londres sur-le-champ, poursuivit Emily. Vous devinez pourquoi, je suppose.

Le regard d'Edna s'embua instantanément. Elle refoula un sanglot de soulagement. Elle avait trouvé de l'aide. Will Murphy avait peut-être encore une chance. Percevant son trouble, Lady Allen crut tout de même bon d'ajouter :

— Je ne peux néanmoins rien vous promettre. Peut-être échouerai-je dans mon entreprise.

Edna n'arrivait plus à retenir ses larmes. Elle répondit tant bien que mal avec un sourire triste sur le visage :

— Il n'y avait qu'à Longfield que je pouvais trouver une main charitable, madame. Je vous remercie de tout cœur.

— J'ai besoin d'une adresse où je pourrai vous contacter.

Edna griffonna rapidement les renseignements sur un papier et le tendit, la main tremblante, à Lady Allen, qui lui dit :

— Je dois vous quitter, maintenant. Je vous donnerai des nouvelles dès que je saurai comment procéder.

— Merci, madame, répéta Edna en s'inclinant légèrement.

Emily était déjà sur le seuil de l'auberge quand elle se retourna pour dire une dernière chose à la jeune femme en larmes plantée devant le comptoir.

— Je vous aurais bien proposé de faire le voyage en voiture, mais j'ai cru deviner que vous préféreriez prendre le train.

Un sourire amusé s'afficha sur le visage d'Emily au moment où elle sortait, sans attendre de réponse.

Edna n'en revenait pas : elle avait trouvé de l'aide. Au fond, Lady Allen était certainement bien plus à même de secourir Will que Julia Ashford. La seconde était douce et rangée, la première déterminée et impétueuse. Edna était à moitié soulagée ; la vie de Will était désormais entre de bonnes mains et s'il y avait encore un moyen de le sauver, nul doute que Lady Allen le trouverait.

En remontant dans sa voiture, Emily croisa un jeune homme blond parfaitement bâti. Il était beau, à n'en pas douter, mais Emily eut un mouvement incontrôlable de répulsion quand il laissa glisser sur elle son regard de prédateur. Loin de se laisser impressionner, elle le toisa avec dédain. Pike lui décocha un sourire narquois.

— Savez-vous qui c'est, Magda ? interrogea Emily, une fois dans l'automobile.

— Nous l'avons croisé hier avec Mr Philby. C'est le chauffeur qui n'a pas été retenu, madame.

Emily se tourna assez brusquement vers sa femme de chambre.

— Il n'est pas du village, je suis certaine de ne jamais l'avoir vu auparavant. Que fait-il toujours ici s'il n'a pas été retenu pour la place ?

— Je ne sais pas, madame.

Manifestement, la présence de ce garçon mettait en colère sa maîtresse, sans qu'elle sache vraiment pourquoi.

Emily s'enferma dans un silence contrarié, puis, au bout d'un long moment, finit par reprendre la parole :

— Si vous le voyez traîner du côté du domaine, faites-le-moi savoir, Magda.

La femme de chambre promit et le sujet du chauffeur ne fut plus abordé, mais Magda savait que Lady Allen n'avait pas son pareil pour évaluer les gens. Ce personnage avait dû susciter chez sa maîtresse un sentiment suffisamment inquiétant pour qu'elle juge opportun de lui demander de rester sur ses gardes.

Chapitre XXVI

Lady Allen arriva devant sa propriété de Londres alors que l'heure du déjeuner était largement passée. Elles avaient dû s'arrêter plusieurs fois pour laisser refroidir le moteur.

L'antique majordome de la maison les accueillit. Joseph Alexander était aussi vieux que la demeure des Allen. Il avait d'abord été au service des parents d'Emily puis, quand ceux-ci avaient disparu prématurément, emportés par la maladie, il s'était assuré que tout irait toujours pour le mieux pour la jeune lady orpheline. Emily lui vouait une affection quasi filiale.

— Bonjour, Joseph.

Elle avait depuis bien longtemps décidé de l'appeler par son prénom ; ce n'était pas l'usage mais, comme pour tout le reste, elle s'en fichait.

— Bonjour, madame, lui répondit le petit homme voûté.

Il était appuyé sur une canne qu'Emily détailla avec une moue contrariée. Elle n'avait passé que quelques semaines à Longfield. La santé de son majordome avait-elle pu se détériorer à ce point dans un laps de temps si court ?

— Avez-vous vu le médecin ?

— Oui, madame. Je vieillis, voilà son diagnostic, répondit-il, les épaules basses.

— Je veux que vous vous reposiez, Joseph. C'est entendu ?

Le majordome, aussi têtu qu'une mule, se redressa d'un coup, atteint dans sa dignité d'homme au crépuscule de sa vie.

— Je me sens parfaitement capable d'assumer mes tâches, madame.

Ce brusque sursaut d'orgueil arracha un sourire tendre à Emily. Le voir si diminué lui crevait le cœur et elle commençait à craindre sa disparition avec une anxiété grandissante. Un jour ou l'autre, Joseph s'éteindrait à son tour, et cette fois, elle le savait, elle serait vraiment seule.

Un jeune homme brun, vêtu de sa livrée de valet de pied, accourut jusqu'à eux.

— Bonjour, madame, dit-il, essoufflé.

— Ah ! Vous voici, Gavin. Vous pouvez aller chercher nos bagages. Ensuite, j'aurai une course importante à vous faire faire.

Les Churchill n'habitaient qu'à quelques rues de celle d'Emily. Malheureusement, celle-ci savait que, régulièrement, son amie Clementine préférait se retrancher dans sa propriété de Pear Tree Cottage.

— Allez faire un tour à la cuisine, Magda. Je vois bien que vous êtes affamée. Kitty vous cuisinera quelque chose.

Magda s'inclina.

— Dois-je faire monter quelque chose à madame ?

Emily réfléchit un moment avant de déclarer :

— Pas tout de suite. J'ai d'abord une lettre à rédiger. Dites à Kitty de préparer quelques sandwichs et du thé, et faites-moi monter tout cela d'ici une demi-heure.

Puis elle partit s'enfermer dans son bureau, non sans au préalable ordonner une nouvelle fois à Joseph Alexander d'aller se reposer.

Gavin Moore servit le thé et le déjeuner improvisé pendant qu'Emily terminait de rédiger son courrier, qu'elle cacheta soigneusement :

— Écoutez-moi bien, Gavin. Vous devez porter ce courrier de toute urgence à l'Admiralty House à l'attention de Mrs Churchill.

Gavin acquiesça.

— Demandez s'ils sont là. Et si c'est le cas, insistez pour attendre la réponse. Dites qu'il s'agit d'une urgence. Si Clementine est là, elle me répondra dans l'instant, ajouta-t-elle plus pour elle-même qu'à l'intention de son valet de pied.

Gavin partit sur-le-champ, allongeant le pas pour couvrir plus rapidement la courte distance qui séparait la demeure de sa maîtresse de celle des Churchill.

Il était anxieux à l'idée de se rendre chez Mr Winston Churchill. Cet homme l'impressionnait depuis qu'il était tombé par hasard sur les récits fantastiques du jeune journaliste qu'il avait été pendant la guerre des Boers. La manière héroïque dont il s'était évadé de sa geôle sud-africaine avait marqué Gavin et, si ses parents n'avaient pas autant insisté pour qu'il entre au service d'une grande maison, il se serait volontiers engagé dans l'armée.

Il pénétra dans la cour de l'Admiralty House le cœur battant. C'était idiot, il ne croiserait jamais le maître des lieux. Au mieux, il attendrait patiemment dehors qu'on lui apporte une réponse et, au pire, on lui signifierait que Mr et Mrs Churchill étaient absents.

Il informa le garde à l'entrée de l'imposant bâtiment qu'il avait un message pour l'épouse du premier Lord de l'Amirauté. En tendant le courrier, il s'aperçut que sa main tremblait.

— C'est de la part de Lady Allen, déclara-t-il en essayant de maîtriser sa voix.

Son interlocuteur examina brièvement la missive.

— Je la lui remettrai, annonça-t-il froidement.

— Pardonnez-moi, mais Lady Allen souhaite une réponse immédiate si Mrs Churchill est chez elle.

Il commençait à transpirer sous l'effet de la gêne. Le militaire le détailla avec étonnement, mais sans faire de remarque. D'un geste de la main, il invita le jeune valet de pied à attendre dans l'entrée.

Gavin n'en revenait pas de se trouver dans la demeure où vivait le descendant du Duc de Marlborough. Avec un enthousiasme enfantin, son regard se posait partout. Il repéra une porte près de l'escalier : peut-être était-ce celle du bureau du premier Lord de l'Amirauté ? L'endroit était si vaste qu'il aurait tout aussi bien pu s'agir d'un placard. Il frémit en s'imaginant croiser Winston Churchill dans ce hall, perspective qui l'enchantait autant qu'elle le terrorisait. Son imaginaire s'emballait quand le majordome vint le trouver avec un billet à remettre à Lady Allen.

Gavin avait accompli sa mission. En sortant, il serrait contre lui la missive rédigée de la main de Mrs Churchill.

Les Churchill étaient à Londres. Emily se dit qu'elle avait de la chance. Ou était-ce plutôt Will Murphy qui en avait ? Elle savait à quel point Clementine avait en horreur l'Admiralty House qu'elle quittait dès que l'occasion se présentait. Ravie d'avoir de ses nouvelles, celle-ci invitait Emily le soir même à dîner. Winston serait là et elle pourrait s'entretenir avec lui de ce sujet si délicat dont elle lui faisait le bref exposé dans sa missive.

L'heure de se rendre à l'Admiralty House arriva avec une rapidité qui la prit presque au dépourvu. Elle était nerveuse. Peut-être son entreprise ne serait-elle qu'un immense échec. Winston Churchill était aussi imprévisible que le ciel d'Écosse. *Pourvu qu'il soit de bonne humeur*, se dit Emily en montant dans son automobile. Elle n'était qu'à quelques pâtés de maisons mais n'avait aucune envie de rentrer à pied à la nuit tombée.

Le majordome de l'Admiralty House la conduisit jusqu'au salon où Clementine l'attendait.

— Emily ! s'enthousiasma-t-elle.

— Ma très chère Clementine ! Quel plaisir de vous voir ! répondit sincèrement Emily en prenant les mains de son hôtesse.

Clementine était son aînée de quelques années. Elles avaient eu l'occasion de se croiser de nombreuses fois lors de dîners où il était de bon ton, pour les jeunes filles, de trouver un mari. Un temps, Emily s'était pliée à l'exercice. Elle avait rencontré Archibald, un jeune officier, lors de l'une de ces soirées. Elle ne pouvait nier être tombée follement amoureuse de lui, mais la perspective de perdre sa liberté l'avait rebutée au point de la pousser à le rejeter, lui, et toutes ses demandes en mariage. Son cœur se serra à l'évocation de ce souvenir. Aujourd'hui encore, elle n'était pas certaine d'avoir fait le bon choix. Quand elle lisait le bonheur conjugal sur le visage de Clementine, elle se demandait si, après tout, elle aussi n'aurait pas pu être heureuse auprès d'Archie. Sans l'avouer, par moments, elle se sentait terriblement seule.

— Winston ne devrait pas tarder à nous rejoindre. Il est très heureux que vous veniez dîner avec nous. Vous savez qu'il vous a toujours trouvée brillante, chère Emily.

— Pour une femme, ajouta Lady Allen en riant.

Clementine Churchill s'amusa de la réflexion de son invitée. En effet, on ne pouvait guère classer son époux dans la catégorie des soutiens de la cause suffragiste. Pour autant, avec sa femme, il était le plus doux et le plus respectueux des hommes.

— Mais je ne suis pas venue pour m'entretenir avec lui de ce sujet.

— Je doute qu'il s'agisse là d'une priorité pour lui en ce moment.

La mine de Clementine devint plus grave.

— Y aurait-il un problème ? s'inquiéta Emily. Diana et Randolph se portent-ils bien ?

— Oh oui ! Ne vous inquiétez pas pour cela, les enfants sont en parfaite santé. Non, il s'agit des affaires du pays… Mais Winston vous en parlera certainement. Tenez ! Justement, le voici.

Le premier Lord de l'Amirauté entra dans la pièce. Son attention se porta tout d'abord sur Clementine qu'il alla embrasser ; puis il se tourna vers Emily.

— Lady Allen ! Je suis très heureux de vous revoir enfin. Il semble que vous fuyez le monde depuis quelque temps.

Emily ne pouvait le contester.

— Je voyage, éluda-t-elle. Et je reste souvent auprès de ma cousine, Lady Ashford.

— Oui, terrible tragédie que celle qui l'a frappée.

Il se dirigea vers le petit bar en marqueterie pour se servir un verre. Emily le trouva encore plus nerveux que d'ordinaire. Elle remarqua aussi qu'à près de quarante ans, il commençait à perdre ses cheveux et que son front se dégarnissait avec la grâce tout aristocratique qui frappait la plupart des lords amenés à tenir de hautes fonctions.

Il partit s'installer dans un des fauteuils. Son regard se perdit un moment dans la contemplation du liquide brun qu'il faisait tournoyer dans son verre.

— Vous avez l'air inquiet, remarqua Emily.

Son interlocuteur tourna son regard d'acier vers elle.

— On ne peut rien vous cacher, Emily.

— Puis-je vous demander ce que vous redoutez tant ?

Il poussa une sorte de grognement et but une autre gorgée avant de répondre.

— Je redoute tant de choses à cet instant, Emily, qu'il serait fort difficile de vous en faire état dans leur globalité. Mais puisque vous posez la question, je vais tenter de vous faire une réponse. Vous n'ignorez pas que la situation en Irlande est préoccupante... Mais il n'y a pas que cela ; je crains un embrasement dans les Balkans. Ce vieil empereur austro-hongrois ne m'inspire aucune confiance. Et je suis certain que s'il y a une mauvaise décision à prendre, c'est immanquablement ce qu'il fera. Je crains les velléités bellicistes de Guillaume II. Cet homme-là passe son temps à regarder défiler ses troupes en se targuant de sa suprématie militaire. Sans doute une façon pour lui de supporter sa frustration.

— Vous faites allusion à son infirmité ? demanda Emily qui savait que Guillaume II était né avec un handicap au bras.

— Non, mais il a le plus petit empire et c'est quelque chose qu'il supporte assez mal.

— Vous voulez dire par rapport à ses cousins ?

— Imaginez-le, coincé entre l'immense Empire britannique et la vaste Russie de son cousin Nicolas... Il y a de quoi être frustré.

Emily n'avait jamais réfléchi à la question mais, à y regarder de plus près, en effet, Guillaume II avait de bonnes raisons d'être jaloux.

— Ajoutez à cela la préférence de sa grand-mère pour les deux autres et vous avez un cocktail explosif.

Feu la grande reine Victoria, grand-mère de toutes les têtes couronnées dirigeantes du siècle, n'avait jamais caché sa défiance à l'égard du jeune Guillaume.

— Plus la soif de revanche d'une France encore mortifiée d'avoir perdu l'Alsace et la Lorraine, vous aurez tous les éléments pour nous conduire vers un conflit, conclut Winston.

Comme chaque fois qu'Emily le rencontrait, elle était subjuguée par l'incroyable animal politique qu'il était.

— Vous avez toujours été visionnaire, Winston.

— Vous êtes bien la seule à le penser, ma chère, dit-il, amusé, en terminant son whiskey. Cela dit, croyez bien que j'espère me tromper.

Clementine s'approcha pour prendre le verre des mains de son mari et aller le resservir. Il avait, se dit Emily, une capacité étonnante à ingérer des quantités d'alcool incroyables sans jamais être ivre.

Une fois à table, Emily exposa son problème au premier Lord de l'Amirauté qui l'écouta avec le plus vif intérêt.

— Et donc, si je comprends bien, vous doutez de la justice de notre pays, dit-il très sérieusement à la fin de l'exposé.

Emily blêmit. Peut-être s'était-elle trompée au sujet de son interlocuteur. Mais il éclata de rire :

— Eh bien, si c'est le cas, Emily, vous avez raison.

Elle se remit à respirer.

— J'ai en effet encore quelques contacts qui nous seront utiles pour démêler les fils de cette histoire. Je pourrais faire en sorte que vous ayez accès au dossier mais il vous faudra de l'aide.

Churchill se gratta l'arcade sourcilière tout en réfléchissant.

— Je pense connaître la personne idéale pour ce genre d'affaire…

— J'avais pensé contacter un détective privé du nom de Mason Roberts, dit Emily.

— Excellent choix ! C'était justement à lui que je pensais. Il serait incontestablement l'homme le plus qualifié s'il fallait retrouver une minuscule aiguille au milieu d'une gigantesque botte de foin. En attendant, je jouerai de mes relations pour que ce jeune homme ne soit pas exécuté tout de suite. Néanmoins, Emily, je ne peux vous garantir que nous le sauverons.

Winston Churchill n'avait pas posé de question au sujet de Will Murphy ; il s'était contenté de l'explication fournie par Emily. Ce garçon avait sauvé la vie de sa cousine quand ils n'étaient encore que des enfants, elle souhaitait simplement lui rendre la pareille.

Ils terminèrent cette soirée autour d'un dernier verre et des volutes de fumée du cigare du premier Lord de l'Amirauté. Emily quitta l'Admiralty House avec le sentiment d'avoir frappé à la bonne porte.

Dans le froid mordant de cette fin d'année 1913, Emily Allen regarda le ciel chargé des ombres menaçantes d'un futur incertain pour Will Murphy et peut-être aussi pour le reste de l'humanité.

Chapitre XXVII

WILL ÉTAIT INSTALLÉ DANS LA CELLULE la plus confortable de Pentonville. Ses frères avaient dû être particulièrement généreux avec le directeur. Sans doute avaient-ils généreusement rempli les poches d'une partie des gardiens pour qu'il puisse bénéficier de tout ce qu'il souhaitait : cigarettes, cigares, whiskey irlandais et bonne nourriture. Il avait aussi le privilège de pouvoir sortir dans la cour sur simple demande.

Malgré ces aménagements de confort, la morosité le gagnait. À moins d'un miracle, il se savait condamné. Il se remémorait son procès sans comprendre comment les choses avaient pu déraper à ce point. L'incapacité de son avocat à prendre le contre-pied des nouvelles accusations y avait été pour beaucoup. Mais peu importait maintenant, les jeux étaient faits. Désormais, il attendait la date de son exécution. Résigné et calme.

Une vie courte mais bien remplie. Au fond, c'était une consolation comme une autre. Son salut viendrait peut-être du plan que ses frères fomentaient pour le faire évader. Mais plus les semaines passaient et plus il lui paraissait évident qu'ils n'y parviendraient pas.

Doucement, il s'était habitué à l'idée de quitter ce monde, sa famille, ses amis, Julia...

Il mourrait sans qu'elle ne sache jamais ce qu'il était advenu de lui. Peut-être abandonnait-il à cause d'elle. Il en était arrivé à la conclusion qu'il ne pourrait jamais aimer une autre femme. À quoi bon vivre s'il ne pouvait pas l'avoir, elle ? Il en crevait littéralement à petit feu.

C'était idiot, cette envie romanesque de mourir par dépit amoureux. Cela ne lui ressemblait pas et il aurait dû brûler toutes ces lettres qui avaient ravivé le feu qui le consumait. Oui, il aurait dû...

Il vidait son troisième verre de whiskey quand le bruit familier des bottes dans le couloir attira son attention.

La clé tourna dans la serrure.

— Murphy, t'as de la visite, annonça un gardien au visage émacié.

— Si c'est ma sœur, dites-lui que je ne peux pas venir.

Will ne supportait plus de la voir pleurer au parloir. Elle se fustigeait avec une vigueur qu'elle aurait dû employer à autre chose. Elle devrait se faire à l'idée de sa disparition et il comptait bien l'y aider en refusant de la voir. Avec un peu de chance, elle se mettrait suffisamment en colère contre lui pour transformer son chagrin en quelque chose de plus constructif.

— Nan, c'est pas vot'sœur. C'est un gars qu'j'ai jamais vu. Un type bien mis pour sûr. Wilson m'a donné son nom mais j'm'le rappelle pas.

Le gardien haussa les épaules. Will soupira ; il voulait juste noyer ses pensées dans l'alcool.

— Bon alors ? Vous venez ou je m'en retourne d'où je viens ?

— Je vous suis, marmonna Will sans conviction.

On le conduisit jusqu'à la petite salle où il rencontrait d'ordinaire son avocat. En pénétrant dans la pièce, il ne trouva pas maître Atlea assis à sa place habituelle. Un homme se tenait devant l'unique fenêtre à barreaux. Il était de dos, mais Will était certain de ne jamais l'avoir rencontré auparavant. Entendant le bruit de la porte, le gentleman à fine moustache se retourna.

— Bonjour, monsieur Murphy.

L'homme s'approcha pour lui serrer la main. Sa poigne était franche et sèche. Il plut tout de suite à Will.

— Mon nom est Mason Roberts.

Ce dernier jeta un regard en direction du gardien posté devant la porte, qui se retira sans protester. Un peu étonné, Will demanda :

— Mais qui êtes-vous ?

— Ah oui, pardonnez-moi. Je ne me suis que partiellement présenté. Je suis détective privé, monsieur Murphy.

Will arqua un sourcil. Qu'est-ce qu'un détective privé pouvait bien lui vouloir ?

— Ce sont mes frères qui vous ont engagé ?

Le petit homme mince aux tempes grisonnantes s'enfonça dans son siège, croisa les bras et se mit à examiner son interlocuteur de son regard clair.

— Pas du tout, monsieur Murphy. Même si, dans un cas comme le vôtre, ils auraient dû penser à le faire.

— Qui vous a demandé de venir dans ce cas, si ce n'est pas ma famille ? insista Will.

Le détective écarta son chapeau posé devant lui pour s'appuyer sur la table, et du même coup se rapprocher de Will.

— Je n'ai pas l'autorisation de vous parler de mon commanditaire, dit-il tout bas.

— Et que souhaite votre « commanditaire » ?

— Vous sauver la vie, semble-t-il.

Will n'y comprenait rien.

— Je pense qu'en ce qui me concerne, il n'y a plus grand-chose à faire. J'ai été condamné, monsieur Roberts.

— Sauf si je trouve des éléments susceptibles de vous disculper, monsieur Murphy.

— Mon avocat a déjà essayé, contra Will, de plus en plus perplexe.

— Votre avocat est un idiot notoire.

Cet homme avait l'air si sûr de lui qu'il en déstabilisa Will.

Un long silence s'installa entre eux jusqu'à ce que Will se décide à reprendre la parole :

— Qu'attendez-vous de moi, monsieur Roberts ?

Ce dernier afficha un sourire satisfait.

— Que vous me disiez ce qui s'est passé le jour de l'agression de votre sœur. Et quelle sorte de lien vous entretenez avec l'agent Rigaud.

— L'agent Rigaud ? s'étonna Will.

Pourquoi cet homme étrange prenait-il la peine de lui parler de ce policier qui lui était totalement sorti de l'esprit ?

— Votre avocat ne vous a pas dit que toutes les preuves accumulées contre vous avaient été « trouvées » par l'agent Rigaud ?

— Non, je n'en savais rien.

Will commençait à serrer les poings sous la table. Une satisfaction évidente se peignit sur le visage du détective.

— Allons, racontez-moi tout ce que vous savez en détail, monsieur Murphy, et je fais le serment de vous éviter la potence.

— Qui vous dit que je souhaite l'éviter ? rétorqua Will.

— N'êtes-vous pas curieux de savoir qui m'envoie ?

Mason Roberts savait qu'il venait de marquer un point.

— Si vous voulez découvrir un jour l'identité de votre bienfaiteur, il vaudrait mieux que vous soyez toujours en vie…

Alors Will se mit à raconter tout ce qu'il savait.

Chapitre XXVIII

Le ciel de février de la Riviera était baigné d'une douce lumière d'hiver. Julia avait finalement consenti à accompagner sa cousine après les fêtes de fin d'année. Ces mois froids et rigoureux en Angleterre étaient définitivement moins lourds à supporter dans cette partie du Sud de la France. Toute la bonne aristocratie britannique s'y retrouvait avec son cortège d'invitations et de mondanités. Emily y avait acquis un petit hôtel particulier à égale distance entre la mer et le palace Régina.

Chaque jour, Lady Ashford sortait pour de longues balades en compagnie du jeune Charles et de sa nanny. Quelquefois, Emily les accompagnait, mais elle préférait se vouer à sa passion dévorante pour la politique ; elle avait même commencé à écrire des articles pour un grand quotidien londonien.

Un matin, alors que Charles jouait dans le petit jardin qui jouxtait la maison, Emily, un courrier à la main, se joignit à eux. Elle affichait une mine grave mais Julia y décela du soulagement. Elle comprit que la missive concernait Will. Durant toutes ces semaines d'attente, elle n'avait jamais osé poser de questions à sa cousine. Elle savait que celle-ci lui en aurait fait le reproche. Alors elle avait simplement patienté, l'âme au désespoir.

Elle conservait, caché sous son matelas, un exemplaire du *Times* où le visage de Will apparaissait en première page. Ce visage qu'elle n'avait jamais cessé de chérir malgré les années et son amour pour Charles. Elle se rendait compte désormais de l'attachement qui la liait à cet homme. L'avait toujours liée à lui, un Irlandais sans le sou. Un paysan... Et pourtant l'amour de sa vie. Elle ne put s'empêcher de frissonner quand Emily s'assit auprès d'elle sur le petit banc en fer forgé.

— J'ai des nouvelles, lui annonça platement sa cousine.

— Je sais.

Emily la dévisagea un instant. Julia ne pouvait se l'expliquer, mais dès qu'il s'agissait de Will, elle savait... Elle luttait pourtant de toutes ses forces contre cette terrible attraction mais, plus les semaines passaient, plus elle ressentait le besoin irrépressible de le revoir. Coupablement, elle savait qu'elle se préparait à briser la promesse faite à sa cousine.

— Il s'agit de nouvelles mitigées, annonça Emily.

Julia concentra son attention sur ses mains posées sur ses genoux. Mieux valait qu'elle évite de croiser le regard d'Emily. Sa cousine était capable de la sonder jusqu'au plus profond de son âme et, si elle avait su quelles étaient ses intentions à ce moment précis, elle aurait gardé le silence.

— Mr Roberts dit qu'il a réuni suffisamment de preuves pour éviter la corde à Will Murphy. Tous les éléments qui penchaient pour la thèse de l'assassinat avec préméditation ont été fabriqués de toutes pièces. Il m'explique d'ailleurs qu'il ne lui a pas fallu beaucoup d'efforts pour réussir à le prouver. Un policier mal intentionné serait derrière toute cette histoire.

Lady Ashford continuait de se taire.

— L'avocat de ce pauvre garçon devait vraiment être en dessous de tout. Fort de ces nouveaux éléments, Mr Roberts les a présentés à un juge qui a décidé de les retenir. Donc Will est sauvé.

Emily Allen s'interrompit un instant.

— Mais… murmura Julia, de plus en plus mal à l'aise.

Sa cousine lui prit la main :

— Mais Will Murphy devra tout de même effectuer une peine de quinze ans de réclusion pour le meurtre de son beau-frère. Après tout, il a avoué l'avoir fait.

— Pour sauver sa sœur, contra Julia dont le sang affluait maintenant dangereusement aux joues.

Elle se dégagea vivement.

— Julia, ma chérie, c'est une bonne nouvelle.

— Quinze ans, Emily… Autant dire une éternité.

— Je sais.

Julia pleurait, le visage baissé sur ses gants blancs.

— Crois-moi, c'est sans doute mieux ainsi, dit Emily.

— Mieux pour qui ? répliqua Julia en toisant sa cousine avec colère.

Emily se leva pour mieux la dominer :

— Mieux pour toi !

Puis elle s'éloigna sans un mot de réconfort.

— Tu as le cœur sec, Emily ! lui cria Julia alors qu'elle n'était déjà plus en vue.

La main sur la poignée de la porte, Emily reçut ces paroles comme une gifle. Comment sa cousine pouvait-elle lui faire un tel reproche ? N'avait-elle pas tout mis en œuvre pour sauver ce jeune homme ? Elle se demandait d'ailleurs si elle avait bien fait. En ce jour, il lui apparaissait nettement que sa cousine était bien trop faible pour résister à l'appel de ses sentiments. Au fond, si Will Murphy avait été exécuté, il n'aurait plus représenté un danger pour Julia, sa famille et sa réputation. Elle regrettait de s'en être mêlée. Elle, le cœur sec… Si seulement Julia savait… Si seulement elle avait une idée de ce qu'elle-même endurait depuis le mardi précédent quand elle avait recroisé Archie par hasard.

C'était comme si un feu grégeois s'était emparé de la totalité de son être. Sa conscience, sa volonté farouche, absolument tout avait été balayé quand il était apparu au milieu de ce grand salon.

Le major Archibald Marsden, son amour de jeunesse. Ce garçon parfait aux gestes tendres et aux traits délicats. Il y avait eu ce moment d'intimité infini où soudainement l'univers autour d'eux avait pris un contour flou. Ils s'étaient dévisagés un long moment en silence. Puis Emily avait trouvé la force suffisante pour se ressaisir à temps et tendre une main polie mais glaciale à celui qu'elle aimait au-delà de tout. Cette cruelle promiscuité le lui avait rappelé avec une insistance insupportable.

— Major Marsden, c'est un plaisir de vous revoir.

— Emily, avait-il répliqué en s'inclinant jusqu'à pouvoir baiser ses doigts.

Elle s'était sentie mal au point d'avoir envie de prendre la fuite. Pourquoi avait-il fallu qu'il se trouve là ?

Il n'avait pas cherché sa présence ; il n'ignorait pas qu'elle ne lui aurait pas fait ce plaisir. Emily était un cheval fougueux qui refusait rageusement de se laisser apprivoiser par qui que ce soit, y compris par lui. Et pourtant, il ne lui aurait jamais demandé de changer, d'être quelqu'un d'autre qu'elle-même. Jamais il ne lui aurait imposé de devenir l'une de ces aristocrates sans but, emprisonnées dans leur rôle de maîtresse de maison qu'elle abhorrait tant. Pourtant, elle continuait à le rejeter.

— Il ne se mariera jamais, vous savez... avait glissé la comtesse de Rocheford à l'oreille d'Emily.

Cette dernière s'était brusquement tournée vers l'hôtesse de la soirée comme si elle venait de lui adresser une violente insulte.

— Je ne vois pas en quoi cela me concerne !

La comtesse, loin de se laisser désarçonner, avait enfoncé le clou.

— Au contraire, je crois que vous le savez parfaitement. Il ne cessera jamais de vous aimer et, à vous voir vous débattre de la sorte, je suis à présent certaine qu'il en est de même pour vous.

— Vous ne savez rien ! avait enragé Emily.

— À mon âge, j'en sais bien plus sur la vie que vous ne l'imaginez... Ce que je peine à comprendre, en revanche, c'est pourquoi vous vous refusez un tel bonheur. Et pourquoi vous le lui refusez, à lui. Il sera malheureux jusqu'à la fin de son existence. Si vous ne partagiez pas ses sentiments, je pourrais le comprendre, mais il n'en est rien.

Excédée, Emily avait presque crié :

— Parce que je ne serai jamais comme vous !

Tout le monde s'était retourné dans leur direction pour voir ce qui se passait.

Prise à son propre piège, Emily avait quitté la soirée précipitamment. Et pendant qu'elle courait jusqu'à sa voiture, Archibald Marsden, debout sur le parvis de la demeure de luxe des Rocheford, l'avait regardée disparaître dans cette nuit sans étoile avec la sensation que son cœur se vidait. La main réconfortante de la comtesse était venue se poser sur son épaule.

— Elle vous aime, Archie. Elle a simplement peur.

— Que dois-je faire, comtesse ?

— Essayer encore, mon garçon. Ne renoncez pas à elle. Les histoires d'amour telles que la vôtre sont si rares. Il serait dommage d'y renoncer parce que cette jeune femme est une tête de mule qui ignore ce qui est réellement bon pour elle.

Archibald Marsden n'avait pu s'empêcher de réprimer un éclat de rire.

— Si elle vous entendait, elle serait tout à fait furieuse.

— C'est son état normal, la fureur, me semble-t-il.

— En aucun cas. Elle est juste forte et s'impose de l'être à chaque instant.

— Ce doit être épuisant, à la longue.

— Je le pense aussi.

— Alors, major, trouvez un moyen de lui rendre la tâche plus facile. Prenez soin d'elle, elle a besoin de vous et elle le sait. C'est sans doute cela qui la terrorise à ce point.

Archibald savait que la comtesse avait raison. Il laisserait passer quelques semaines et irait rendre visite à Emily quand elle serait rentrée chez elle à Londres.

Mais au moment où le major Marsden prenait cette décision, il ignorait qu'un gouffre béant était sur le point de s'ouvrir sous leurs pieds.

Chapitre XXIX

Will était sauvé. Mais quinze ans… Pouvait-il se réjouir de cela ? Durant ses interminables nuits sans sommeil, la question revenait en boucle dans son esprit. Étrangement, il avait plus facilement accepté l'idée de sa mort que celle de son enfermement. Désormais, il songeait à s'évader. Il lui fallait un plan pour quitter cet endroit. Ensuite, il rejoindrait les États-Unis sous une autre identité et recommencerait tout là-bas, dans cette terre d'asile qui lui tendait les bras. Un monde nouveau pour une nouvelle vie, loin de cette vieille Angleterre sur le déclin, mais aussi à des miles de Julia.

Allongé sur sa couche, un bras sous la tête, il regardait la fumée de sa cigarette s'échapper au travers des barreaux de sa cellule. Il l'enviait de pouvoir se faufiler ainsi vers l'extérieur, vers la lumière, vers la vie, vers la liberté.

La liberté… Cette idée l'obsédait. Il devait sortir coûte que coûte !

Des pas dans le couloir annonçaient la présence d'un gardien. Will jeta un coup d'œil à sa montre ; ce n'était pourtant pas l'heure habituelle des rondes. Depuis quelques semaines, il notait scrupuleusement les habitudes de ses geôliers, bien conscient que chaque détail pourrait se révéler utile le moment venu.

— Murphy, t'as une visite.

Will se releva sur un coude, un peu intrigué. Il n'attendait personne. Et le sourire légèrement narquois du gardien éveilla sa curiosité.

— Pourquoi tu fais cette tête, Brooks ? s'enquit Will.

— Bah, parce que monsieur reçoit du beau monde…

— De quoi tu parles ?

— C'est une dame, expliqua Brooks en commençant à déverrouiller la porte de la cellule. Une dame de la haute, si tu vois ce que je veux dire.

Le sang de Will ne fit qu'un tour. Se pourrait-il qu'il s'agisse d'*elle* ? Non, c'était exclu, stupide. Comment Julia aurait-elle pu savoir ce qu'il lui était arrivé ? Roberts n'avait finalement jamais lâché le morceau concernant son mystérieux commanditaire et Will n'avait jamais envisagé qu'il puisse s'agir de Julia Ashford.

— Une bien belle dame, bien mise et tout ça. Du genre qu'on voit jamais dans un pénitencier. Tu caches bien ton jeu, Murphy, gloussa le gardien.

— Elle a donné son nom ? demanda Will en se levant d'un bond.

Son cœur battait la chamade. Et si, finalement, c'était elle ?

— Ouais, sûrement sur le registre, mais c'est pas moi qui suis à l'accueil. Moi, je viens juste te chercher. Allez, dépêche-toi. Elle pourrait bien changer d'avis, l'aristo.

Will suivit le gardien, en proie à un malaise croissant. Comment réagirait-il si elle se trouvait là, devant lui, dans cette prison ? Il aurait espéré tellement mieux pour des retrouvailles. L'espoir, cette petite flamme vacillante qui l'embrasait tout entier. Il ne savait pas encore s'il devait laisser faire ou éteindre cet incendie sous un déluge de raison.

Tandis qu'il sombrait dans un tourbillon de pensées contradictoires, ils s'arrêtèrent devant la grille de la pièce où une femme, debout, de dos, coiffée d'un grand chapeau, l'attendait.

L'estomac contracté, Will se dit que oui, cela pouvait bien être la silhouette de Julia. Soudain, il prit conscience de son apparence négligée et tenta un peu stupidement de remettre de l'ordre dans sa crinière auburn. Elle commença alors lentement à se retourner. La scène se jouait au ralenti dans l'esprit de Will ; l'espace d'un instant, gêné par le gardien, il la perdit de vue.

La bouche sèche, il déglutit péniblement sous l'effet de l'angoisse. Le temps d'une fraction de seconde, il ne la remit pas puis un souvenir diffus mais certain s'imposa à lui.

— Lady Allen ? articula-t-il.

Il n'en croyait pas ses yeux.

— Laissez-nous ! ordonna Emily au gardien.

— Madame est bien certaine de vouloir rester seule avec un repris de justice ? s'assura Brooks.

— Tout à fait certaine, oui.

Le gardien s'exécuta, non sans lâcher un « Veinard ! » à Will avant de sortir. Emily le foudroya du regard jusqu'à ce qu'il quitte son champ de vision.

— Quel grossier personnage !

— C'est qu'ils n'ont pas trop l'habitude de voir des dames de votre condition par ici, expliqua Will.

— C'est évident.

Un moment de gêne s'installa entre eux.

— Que me vaut l'honneur de votre visite, Lady Allen ? demanda poliment Will.

— Je suis étonnée que vous vous souveniez de moi...

— Vous êtes la cousine de Julia. Par conséquent, je me souviens de vous.

Emily considéra gravement ces dernières paroles. Se pouvait-il que l'attachement qu'éprouvait sa cousine pour cet homme soit réciproque ? Elle devait s'en assurer et y mettre un terme.

— Je me doute que ma visite a de quoi attiser votre curiosité et, au moment où je vous parle, je me demande encore ce que je fais là, s'affligea-t-elle.

— Je vous écoute, madame. Peut-être souhaitez-vous que nous nous asseyions pour discuter, proposa Will.

Emily l'observa un moment, un peu surprise. Ce garçon avait des manières, pour un petit truand de l'East End.

— Non, non, nous serons aussi bien debout, dit-elle sans chercher à le mettre à l'aise.

Sa démarche était aussi risquée que déraisonnable mais elle s'était dit que le temps pressait et qu'elle n'avait plus le choix. Julia arriverait à Londres le mois suivant, en juillet, et il était évident qu'elle avait le projet de rendre visite à Will Murphy. Emily devait empêcher cela. Devant la réaction calme et impassible de son interlocuteur, elle se décida à continuer :

— Je ne vais pas y aller par quatre chemins, monsieur Murphy. Vous me devez un service... Je crois savoir que vous avez la possibilité de refuser des visites.

Will fronça les sourcils.

— Je vous dois un service ?

— Vous me devez de ne pas être allé à la potence, asséna-t-elle.

Will, sous le choc, balbutia quelques paroles inintelligibles.

— Vous ? Mais pourquoi ? finit-il par demander.

Droite comme un *i*, elle le toisait d'aussi haut qu'elle le pouvait.

— Parce que votre mort aurait été injuste et que ma cousine l'aurait regrettée.

— Julia...

— Pour vous, c'est Lady Ashford, le reprit-elle.

— Oui, pardon, veuillez m'excuser.

Emily Allen l'impressionnait. Mais pourquoi avait-elle l'air autant en colère contre lui ?

— Je suis venue pour vous demander de refuser de recevoir Lady Ashford si toutefois elle avait l'idée saugrenue de vous rendre visite en ces lieux.

— Comme vous le faites aujourd'hui, s'amusa Will.

Emily lui planta un index inquisiteur sous le nez. Il recula devant la fureur qu'il lisait dans son regard.

— Écoutez-moi bien, Murphy, je n'ai pas sauvé votre tête pour que vous détruisiez la vie de ma cousine !

— Mais en quoi pourrais-je représenter un si grand danger pour Julia ? Lady Ashford, se reprit-il aussitôt.

— Vous êtes un poison violent pour elle, monsieur Murphy. Vous l'avez toujours été et j'ai compris ces derniers mois que vous l'êtes malheureusement encore.

Will était choqué. Était-elle en train de lui faire l'aveu que Julia l'aimait ? Au point qu'une femme comme Emily Allen prenne la peine de venir le menacer jusque dans sa prison ?

— Je n'ai jamais voulu le moindre mal à Julia.

Emily recula. Will Murphy avait prononcé cette phrase avec tant de regrets qu'elle s'en voulut d'avoir été si agressive.

— Je le sais, tempéra-t-elle. Mais si, comme je le crois, vous êtes toujours épris d'elle, je vous demande pour son bien et celui de son petit garçon de tout faire pour qu'elle ne vous rencontre pas.

Emily finit par s'asseoir.

— À vrai dire, je ne suis pas venue pour vous le demander, monsieur Murphy, mais pour vous implorer de rester loin d'elle. Si vraiment vous l'aimez, c'est ce que vous aurez la sagesse de faire.

Will resta tétanisé un moment. Un peu parce qu'il était évident que cette grande lady ne devait pas s'abaisser souvent à implorer qui que ce soit, et surtout parce qu'il venait de comprendre qu'il n'avait jamais quitté les pensées de Julia.

L'air dans la pièce s'était chargé d'électricité.

— Me le promettez-vous ? insista Emily.

Elle était aussi blême que les murs de la prison.

Will se passa une main tremblante dans les cheveux.

— Savez-vous ce que vous êtes en train de me demander, Lady Allen ? souffla-t-il.

— Je ne le sais que trop bien. Mais je vous en prie, rassurez-moi sur le fait que vous la protégerez d'elle-même.

Will planta son regard dans celui de son interlocutrice. Elle avait l'air si désespérée.

— Je refuserai ses visites tant que je serai en prison, Lady Allen.

Emily poussa un soupir de soulagement. Peut-être la parole de cet homme ne valait-elle pas grand-chose mais il semblait sincère.

— Merci, se réjouit-elle. Vous ne savez pas à quel point…

Il l'interrompit brutalement en levant la main devant lui :

— Je n'ai pas fini.

Le sourire d'Emily fondit instantanément.

— Je promets de ne pas la recevoir tant que je serai enfermé ici. Mais si je devais sortir et si Julia souhaitait me revoir, alors je ne ferais rien pour la repousser.

Lady Allen tressaillit ; le message n'aurait pas pu être plus clair. Heureusement, quinze longues années les séparaient désormais d'une telle perspective. Et en quinze ans, bien des choses pouvaient changer…

Chapitre XXX

L'ÉTÉ ÉTAIT ENFIN LÀ. Julia profitait du beau temps lors de longues promenades en compagnie du petit Charles et de sa nanny. Elle avait dû différer son projet de se rendre à Londres. Contre toute attente, Catherine avait décidé de convoler en justes noces avec Lord Forster.

La cérémonie en grande pompe avait eu lieu dans la petite chapelle de Longfield. Les mariés avaient quitté le domaine tout de suite après le repas pour entamer leur voyage de noces. Julia était donc débarrassée de sa belle-sœur. Elle priait secrètement pour que la santé de Lord Forster ne se détériore pas. La maison était encore pleine d'invités et l'on avait organisé un déjeuner en extérieur. Le temps était au beau et il aurait été dommage de ne pas en profiter.

Assise sur une chaise longue, Julia regardait d'un air absent les convives autour d'elle. Elle pensait encore à lui. Elle s'imaginait pouvoir se blottir contre Will. Elle rêvait de son corps souple et musculeux. De ses bras protecteurs. De sa voix… Il lui semblait avoir oublié son timbre si particulier, mais s'il venait lui chuchoter à nouveau à l'oreille, elle savait qu'elle le reconnaîtrait dans l'instant. Elle se remémorait avec une récurrence fébrile ce jour où ils avaient échangé un baiser dans une étreinte désespérée.

En y réfléchissant, elle n'avait jamais ressenti un tel élan pour Charles. Elle l'avait aimé, d'un amour sincère, tendre et profond, mais pas comme elle adorait Will. Comme elle l'avait toujours adoré. Son estomac se contracta une seconde. Tout ceci ne serait jamais ailleurs que dans sa tête. Rien n'avait changé et Will ne pourrait jamais être à elle.

Tout à coup, elle sentit sa bouche se dessécher. Peut-être faisait-il trop chaud. Un besoin impérieux de se rafraîchir la sortit de sa douloureuse contemplation.

Elle promena le regard autour d'elle et fit signe à Porter en désignant son verre de la main.

— Madame désire une boisson ?

— Juste un peu d'eau, Porter. Je ne me sens pas très bien.

Le majordome s'inclina puis revint rapidement avec une cruche.

— Merci, souffla Julia après qu'il l'eut servie.

— Madame devrait peut-être se mettre à l'ombre.

Elle savait que son malaise n'avait rien à voir avec le soleil ou la température. Non, le mal était bien plus profond. Elle en était atteinte depuis si longtemps, et aujourd'hui, il prenait le dessus.

— C'est une bonne idée, Porter, murmura-t-elle piteusement.

Il l'aida à se relever et la conduisit jusqu'au banc installé sous le grand cèdre. Emily, qui l'observait de loin, ne tarda pas à la rejoindre.

— Tu n'as pas l'air bien, fit-elle remarquer.

— Juste un peu de lassitude, sans doute.

Emily pinça les lèvres comme chaque fois qu'elle tentait – toujours en vain – de retenir ses paroles.

— Tu penses encore à ce garçon.

Julia blêmit. Se pouvait-il que sa cousine ait la capacité de lire dans ses pensées ?

— Emily, n'abordons pas le sujet, tu veux. Je n'ai ni l'envie ni le courage de me disputer avec toi aujourd'hui.

Emily allait répliquer mais elle s'interrompit, la bouche ouverte en fixant un point lointain dans le dos de Julia.

— Oh Seigneur, mais que vient-il faire ici ? souffla-t-elle.

Intriguée, Julia se leva pour regarder dans la même direction que sa cousine.

D'un pas assuré, le major Archibald Marsden s'avançait vers elles. Le souffle coupé, Emily voyait sa silhouette se détacher dans le contre-jour de la douce lumière qui baignait les étés à Longfield. Elle posa une main sur son ventre : une crampe d'estomac intolérable venait de la prendre. Il était si beau, se dit-elle.

— Emily, tu vas bien ? interrogea sa cousine.

Il n'y avait plus que quelques pas qui le séparaient d'elle, un laps de temps si court… Trop court pour qu'elle retrouve tout à fait ses esprits.

Il retira son chapeau pour les saluer toutes les deux. La mince brise fit virevolter quelques bribes de son parfum. Son odeur. Il portait le Blenheim Bouquet, Emily s'en souvenait très bien.

— Je suis désolé, je ne pensais pas que vous auriez des invités.

Le major n'avait pas prévu cette complication supplémentaire. Il hésita un moment à repartir aussitôt. Emily le toisait avec un air si hostile qu'il pensa que, finalement, il n'y avait aucun espoir. Cette femme se refuserait toujours à lui, comme à tous les autres.

— Pourquoi donc, major ? C'est un plaisir de vous revoir, lança joyeusement Julia.

Emily ne desserrait pas les lèvres. Dieu seul savait ce qui risquait de s'échapper de sa bouche tant elle était bouleversée.

Sa cousine lui jeta un regard en biais. Au moins Emily, peut-être, comprendrait-elle mieux son attachement pour Will maintenant qu'elle avait sous les yeux l'objet de son propre tourment.

— En fait, je ne suis que de passage. Et… j'ai eu envie… de venir vous saluer.

Dans sa bouche, le mot « envie » avait une tonalité particulière. Nerveusement, il tripotait son chapeau. Elle ne lui avait toujours pas adressé la parole. Au lieu de ça, elle se contentait de le fixer comme s'il avait été l'être plus hideux au monde.

En réalité, Emily luttait. Avec cet acharnement féroce qui l'habitait depuis qu'elle était enfant.

L'espace d'un instant, l'attraction qu'elle éprouvait prit le dessus et ils restèrent là à se sonder le temps d'un moment extatique, jusqu'à ce qu'elle s'oblige à briser le contact en se détournant de lui.

Lentement, Archibald Marsden remit son chapeau. Elle ne voulait pas de lui ici. C'était parfaitement clair. Il n'aurait jamais dû écouter cette vieille comtesse. Il était toujours fou d'Emily ; avec le temps et l'éloignement, ses symptômes s'étaient faits moins douloureux. Mais la revoir… Il était comme ces âmes perdues dans les volutes de fumées d'opium. En proie à une addiction insurmontable.

— Pardon, marmonna-t-il. Je n'aurais pas dû. C'était une erreur.

Il les salua toutes les deux à nouveau et fit demi-tour, la gorge prise dans un étau. Julia allait le retenir quand sa cousine, d'un signe de la main, lui intima de n'en rien faire.

Il s'éloignait. Il n'était presque plus qu'un point insignifiant dans l'allée bordée de cèdres. Il avait presque totalement disparu quand un employé des télégraphes, juché sur son vélo, pila devant elles. Il sortit un message de sa besace sans même dire bonjour. Il y avait une forme d'affolement dans son expression qui alerta tout de suite Julia.

— J'ai un message pour le lieutenant Cornwell.

— Oui, c'est mon frère, répondit Julia.

— Il est bien ici ?

— Oui, mais que se passe-t-il, au nom du ciel ?

— C'est la guerre, madame. L'Angleterre est en guerre.

James était officier, Julia comprit qu'on le rappelait à Londres. Son cœur manqua un battement.

La guerre. Emily encaissa le choc. Tout le monde parlait de cette probabilité depuis l'assassinat de l'archiduc François-Ferdinand au mois de juin précédent. Mais on espérait que ce conflit resterait confiné aux limites des Balkans. Puis, lentement, avec une progression morbide et inéluctable, les choses avaient tourné en défaveur de la paix. Les hommes avaient le goût du sang. L'Autriche avait lancé un ultimatum honteux et inacceptable à la Serbie, la grande Russie s'était portée au secours de cette dernière quand l'Allemagne avait fait de même avec l'Autriche. L'homme de paix français Jean Jaurès était mort assassiné au début du mois. Ils étaient si nombreux à le vouloir, ce conflit. La France y voyait une opportunité de laver l'affront de 1870 en récupérant ses provinces d'Alsace et de Lorraine, les Allemands d'étendre leurs colonies ; mais l'Angleterre, qu'avait-elle à retirer de tout cela ? Rien, si ce n'était un affaiblissement prévisible de son empire. Mais voilà, Guillaume II, pour en découdre avec la France, devait piétiner la Belgique. La monstruosité était arrivée par ce chemin tortueux. L'Angleterre, ne pouvant supporter cette violation, venait à son tour de déclarer la guerre à l'Allemagne. Ainsi le destin du monde était-il en route. Vers la désolation la plus totale.

Guerre. Soudain, les yeux d'Emily s'agrandirent d'effroi. La menace ne pesait plus seulement sur leurs têtes, elle s'était abattue. Sourde, violente, implacable. La machine à broyer des vies était à l'œuvre. Son regard se porta sur le lointain, Archibald devait avoir franchi la grille.

Comment était-il venu ? À pied depuis la gare ? En automobile ? Et l'horreur remonta telle une vague du plus profond de ses entrailles. Et si Archibald ne revenait jamais ?

Son cœur s'embrasa en même temps que ses jambes se mettaient en mouvement. Lancée dans une course effrénée pour le rattraper, Emily murmura sans s'en rendre compte son prénom : « Archie ». Elle n'avait pas réfléchi à ce qu'elle lui dirait. Elle voulait juste qu'il ne parte pas sans qu'elle ait pu lui parler. Peut-être pour la dernière fois. À cette idée, elle accéléra encore, autant que le lui permettaient sa tenue et ses bottines inconfortables. La jupe relevée jusqu'aux mollets, elle s'entendait respirer bruyamment. À chaque foulée, elle sentait les épingles de son chignon céder les unes après les autres.

Puis, elle réussit à crier :

— Archie !

Dans sa tête se répétait une litanie sans fin. Mon Dieu, Archie… Archie… Archie…

Le souffle lui manquait ; peu adepte de l'exercice physique, elle préférait de loin la quiétude des bibliothèques. Emily déboucha du chemin pour avoir enfin la sculpturale grille d'entrée en vue. Il y avait bien une voiture garée juste devant. Archie n'était plus qu'à quelques pas de celle-ci. S'il montait dedans, ce serait terminé. Elle arriverait trop tard. Et il partirait sans savoir. Oui, maintenant, tout était si clair. Alors elle rassembla ce qui lui restait d'oxygène et hurla son nom.

Le major Marsden, tétanisé, se figea sur place. Il en était certain, c'était sa voix. Il l'aurait reconnue entre mille. Il n'osait pourtant pas y croire. Il craignait de se retourner. Et si c'était seulement le fruit de son imagination malade ? Malade d'Emily Allen.

Il s'était arrêté. Emily, dans un dernier effort, parcourut les derniers mètres qui la séparaient de lui. Archibald, retenant sa respiration, amorça un demi-tour – sans doute le mouvement le plus long de toute son existence.

Emily se trouvait là, sa longue chevelure défaite courant sur ses épaules. Dans la lumière de l'après-midi déclinant, *elle*, plus belle que jamais. Elle s'arrêta net, juste avant de franchir la grille. Elle suffoquait. Elle souffla à nouveau « Archie » d'un ton rauque, en tendant une main vers lui pendant que, avec l'autre, elle faisait pression sur un point de côté.

Archibald Marsden, se demandant toujours si cette apparition était un mauvais tour de son esprit, resta les bras ballants, incapable de bouger. Des mots essayaient bien de s'extraire de sa gorge mais ils en étaient empêchés par la fascination qu'elle exerçait sur lui.

— Emily ? finit-il par articuler.

— Archie, répéta-t-elle en lui souriant.

Comme il aimait entendre son diminutif quand elle le prononçait. Il en frissonna de bonheur.

— Attends, je t'en prie, dit-elle entre deux respirations.

Il s'approcha, franchissant l'espace qui les séparait encore, sans savoir quelle conduite tenir. Mais elle tendait toujours sa main vers lui, dans une expression suppliante. Précautionneusement, il étendit le bras. Ils s'effleurèrent d'abord du bout des doigts, un flot d'émotions incontrôlables les submergeant dans l'urgence de l'instant. Dans un dernier élan, Emily s'accrocha à sa veste pour poser sa tête contre sa poitrine. Archibald, d'abord surpris, n'osa pas refermer ses bras sur elle, de crainte qu'elle ne s'enfuie. Puis, doucement, il se laissa aller à l'étreindre. Le menton posé sur sa tête, il pouvait sentir le parfum de jasmin dans ses cheveux. Expérience aussi enivrante que douloureuse. Elle s'ouvrait enfin à lui alors qu'il devait partir.

— C'est la guerre, murmura-t-elle en se reculant.

Ils se contemplaient sans savoir si c'était leur dernière occasion de le faire.

— Je sais. Je voulais te voir avant de partir.

— Pardon, dit-elle en luttant contre une marée de larmes.

Elle prenait maintenant conscience de sa stupidité. Du bonheur qui s'échappait. Du temps qui s'écoulait et qu'elle avait inutilement gaspillé. Des choses qu'ils ne pourraient plus jamais rattraper.

Du pouce, il essuya une larme sur son visage. Elle lui sourit encore faiblement.

— Je t'attendrai, Archie. Rentre chez nous.

Archibald savait qu'Emily ne faisait pas cette promesse en l'air. Que s'il en revenait, alors, elle consentirait enfin à devenir sa femme. On annonçait partout que ce conflit serait court. Une formalité en quelque sorte. Le major Marsden, lui, savait par expérience que l'Allemagne était un adversaire farouche, cruellement organisé et surtout prêt à en découdre depuis longtemps. Tout ce qui manquait à l'Angleterre en ce mois d'août 1914.

Chapitre XXXI

La nouvelle Lady Catherine Forster n'avait rien d'une jeune épouse épanouie. Elle regardait la route défiler. C'était un spectacle toujours plus appréciable que le visage de son mari. Elle se demandait encore comment elle avait pu se retrouver dans une telle situation. Mariée à un homme qu'elle méprisait, vieux et à la limite du ridicule, et enceinte de Pike à plus de quarante ans. Elle qui n'avait jamais réussi à concevoir un enfant.

Elle avait bien songé à faire passer cette chose qui poussait en elle, mais avait renoncé au dernier moment en découvrant la personne qui pratiquait ce genre de « transaction ». Un quartier sordide de l'East End à Londres, un appartement miteux et cette vieille femme édentée aux ongles noirs… Catherine frissonna rien qu'à ce souvenir. Les murs gris teintés par le chauffage au charbon. L'odeur âcre de la saleté. Le tablier jauni de la faiseuse d'anges. Elle s'était excusée, prétextant s'être trompée d'adresse.

Douloureusement, elle avait accepté sa dernière possibilité : épouser Lord Forster pour cacher son déshonneur, et surtout pour échapper à Pike. Si le beau chauffeur l'avait d'abord grisée au point de lui faire commettre l'irréparable, il s'était révélé être un homme violent, cupide et dangereux.

Il l'avait prise de toutes les manières qui soient. Elle avait aimé cela, au début tout du moins, mais chaque jour qui passait, il s'enfonçait plus violemment dans des pratiques de plus en plus perverses. Les dernières semaines, elle subissait sa bestialité. Il la soumettait, la contraignait, l'obligeait, l'humiliait. Elle n'était plus qu'une chose dont il se servait pour assouvir ses pratiques de malade. Parce que Catherine en était à présent convaincue, Pike était fou. La toute dernière fois qu'il l'avait brutalisée, elle avait cru y rester. Il avait serré si fort son cou pendant qu'il jouissait qu'elle en avait perdu connaissance. Il l'avait ramenée avec de violentes claques, mais elle s'était sentie mourir. Il la tenait de toutes les manières possibles. Si elle se refusait à lui, il révélerait tout.

Alors, elle lui avait offert une somme astronomique pour s'en débarrasser. Elle avait cru la question réglée mais Benjamin Pike lui avait laissé un ultime souvenir. Un souvenir dont elle haïrait le visage pour le restant de son existence. Si seulement cette grossesse pouvait ne pas arriver à son terme. Si ce qui se développait en elle était aussi maléfique que celui qui l'avait engendré, elle s'en débarrasserait. D'une manière ou d'une autre.

Une main se posa sur son genou. Catherine réprima l'envie de s'y soustraire. Heureusement, Lord Forster était vieux et son appétit sexuel modéré. Elle avait donc une paix relative. C'était là son unique consolation. Le pauvre était d'une insignifiance affligeante, ses propos d'un ennui mortel, sa compagnie irritante. Voilà ce que serait désormais sa vie : un mari insipide et une progéniture monstrueuse.

Elle soupira tandis que la voiture s'arrêtait devant l'hôtel de Bath où ils séjournaient pour leur lune de miel. Une effervescence inhabituelle régnait dans le hall. Un va-et-vient de valises, de jupons, de chapeaux, d'hommes affairés aux visages anxieux et de leurs femmes aux mines bouleversées.

— Oh mon Dieu, Lord Forster !

Un ami de son mari, dont elle avait déjà oublié le nom, avait fondu sur eux.

— Mais que se passe-t-il donc ? demanda le lord.

Catherine se retint de lever les yeux au ciel. Même sa voix l'agaçait.

— Nous sommes en guerre.

— Eh bien, c'est fâcheux, mais ce n'est tout de même pas la première fois. Et cela sera réglé en moins de temps qu'il n'en faut pour le dire.

Sur ce, Lord Forster, raide comme une canne, continua son chemin comme s'il s'agissait d'un non-événement. Et au fond, peut-être bien que c'était le cas, se dit Catherine. Puis elle pensa à James, le frère de Julia. Il était officier, il serait parmi les premiers à partir.

Elle prierait pour lui. Tous les jours. Une manière pour elle de commencer à expier ses péchés. D'entamer un chemin vers une rédemption que, elle-même en avait conscience, elle ne méritait pas. Ce désastre, ce fracas qu'était désormais son existence, elle ne le devait qu'à ses choix. L'âme perdue, Lady Forster réajusta son masque d'épouse idéale et accepta le bras de son mari en offrant son plus beau sourire à l'assistance.

Will, du fond de sa cellule, avait appris la nouvelle de l'entrée en guerre de l'Angleterre avec une certaine résignation. Il avait seulement peur pour ses frères. La force militaire du pays se résumait à quelques milliers d'hommes. De toute évidence, trop peu nombreux. Des bureaux de recrutement avaient donc vu le jour. Et si dans un premier temps on ferait appel aux seuls volontaires, que se passerait-il quand il n'y en aurait plus ? Arracherait-on des hommes à leur famille pour les envoyer sur le front ?

Il fumait tranquillement sa cigarette. Dans son cœur, un jour nouveau s'était levé depuis la visite d'Emily Allen. Il n'avait plus aucun doute sur la teneur des sentiments de Julia à son égard. Elle pensait encore à lui. Elle l'aimait sans aucun doute. L'attitude agressive de sa cousine, sa supplication pour qu'il reste loin de Julia, en étaient des aveux flagrants.

Il s'absorbait dans la lecture d'un roman de Jack London, *Le Peuple de l'abîme.* Il admirait la plume incisive, vraie, sans concession de l'auteur ; cette plongée dans les méandres de la misère. Lui connaissait bien ces quartiers infâmes où s'entassaient de pauvres âmes sacrifiées sur l'autel du profit. La plupart d'entre elles venaient dans son pub perdre le peu qu'elles avaient réussi à gagner.

Il était en grande réflexion sur le rôle que lui-même jouait dans toute cette histoire quand des pas dans le couloir attirèrent son attention. La clé tourna dans la serrure de sa cellule et le directeur en personne entra.

— Bonjour, monsieur Murphy.

— Monsieur le directeur ? s'étonna Will.

Ce genre de personne ne faisait jamais de visite dans les « appartements des prisonniers ». L'homme rondouillard et chauve avisa d'un œil morne le seau destiné aux commodités dans un recoin de la pièce.

— Hum, je fais le tour de la prison pour... hum... formulaire, lança-t-il au gardien posté derrière lui. Vous n'êtes pas sans savoir que notre belle patrie est engagée dans un conflit contre l'abominable Kaiser.

Will se demanda si le bonhomme n'avait pas répété son discours avant.

— Donc, monsieur Murphy, je viens vous faire une proposition honorable.

— Je vous écoute, répondit patiemment Will.

— Nous avons besoin d'hommes forts et vaillants pour intégrer l'armée de Sa Majesté et j'ai pensé à vous.

Will pouffa.

— Vous êtes en train de me proposer d'aller purger ma peine sur un champ de bataille ?

Contrarié, le directeur rougit violemment. Il s'exhorta néanmoins à garder son calme ; cet Irlandais était le candidat idéal. Une prime était prévue pour chaque homme qu'il réussirait à enrôler.

— Je vous offre une amnistie en échange de votre engagement.

Le sourire narquois sur le visage de Will s'effaça aussitôt.

— Soyez plus précis.

— Vous rejoignez notre armée et vous êtes libre, c'est aussi simple que cela. Tenez, lisez par vous-même les termes de l'arrangement.

Après un long moment, le temps que Will prenne connaissance du document, le directeur reprit la parole.

— La seule chose, c'est que cette proposition n'est valable que si vous signez tout de suite.

— Pas de temps de réflexion, si je comprends bien, grinça Will.

— Nous sommes dans l'urgence, monsieur Murphy, et j'ai bien d'autres choses à faire de mes journées.

— Si je signe ce papier, je suis libre ?

Le petit homme chauve se racla la gorge avant de répondre.

— Vous serez libre au regard de la justice. En revanche, vous intégrerez les rangs de l'armée aussitôt.

Will comprit le sous-entendu.

— Je n'aurai pas l'occasion de dire au revoir à ma famille, c'est bien cela ?

— En effet, vous serez transféré au plus tard demain vers votre caserne. Alors, que faisons-nous ?

Will Murphy balaya du regard sa cellule. L'enfermement ou la guerre… Il fit mine de réfléchir, mais sa décision était déjà prise.

— Vous avez de quoi écrire ?

La bouche du directeur s'étira dans une affreuse grimace censée être un sourire. Il avait son premier candidat.

— Vous faites bien, monsieur Murphy. Vous verrez, cette guerre sera terminée dans quelques semaines.

La porte se referma sur Will dans un grincement sinistre.

Chapitre XXXII

James Cornwell était déjà parti pour former les nouvelles recrues. Julia savait que la force expéditionnaire britannique ne tarderait pas à être envoyée sur le continent et son jeune frère avec. Elle avait profité d'être à Londres chez sa cousine pour se rendre à la prison. Le cœur battant, la conscience troublée, elle s'était présentée à l'entrée où elle avait demandé à voir Mr Murphy. Évidemment, Emily n'en avait rien su. À vrai dire, depuis ce qui s'était passé à Longfield entre cette dernière et le major Marsden, Julia n'était plus très certaine qu'elle l'en aurait empêchée. Archibald était déjà parti pour la Belgique en laissant derrière lui une Emily Allen pétrie de regrets et d'anxiété.

Seulement voilà, le gardien lui avait appris que Will n'était plus là. Qu'il s'était engagé. Elle arrivait trop tard. Son cœur se serra douloureusement : elle ne le reverrait peut-être jamais.

Elle avait cherché en vain à obtenir des informations sur l'endroit où il se trouvait, mais à la prison, personne n'avait pu la renseigner. Une fois les gars partis, ce qu'ils devenaient ne les concernait plus.

Julia eut alors l'idée de rendre visite à Edna chez Harrods. La jeune femme était trop proche de la famille

Murphy pour ne pas avoir de nouvelles. Elle se fit conduire jusqu'au grand magasin où elle se mit en quête de la vendeuse. Edna arrangeait une vitrine avec beaucoup d'application quand, enfin, Julia tomba sur elle.

— Edna ?

Surprise, l'ancienne employée de Longfield délaissa ce qu'elle était en train de faire pour se concentrer sur son interlocutrice.

— Lady Ashford ?

— Comment allez-vous ?

— Bien… bien, madame, répondit Edna sans savoir quoi dire d'autre.

— Pouvez-vous vous absenter de votre rayon un moment ?

La vendeuse jeta un regard en arrière à la recherche de Miss Dumbar. Celle-ci, qui avait entendu leur conversation, donna son autorisation d'un signe du menton.

— Merci. Où pourrions-nous discuter tranquillement ? demanda Julia.

— Il y a un petit café à deux pas d'ici où j'ai l'habitude d'aller.

Elle hésita cependant un moment.

— Mais je ne suis pas certaine que les dames de votre condition y aient leurs habitudes.

— Ne vous en faites pas pour cela, allons-y, je vous suis.

Elles s'attablèrent sous l'œil scrutateur du patron. Qui pouvait donc être cette aristocrate qui accompagnait la petite vendeuse d'en face ? Il lui semblait l'avoir déjà vue quelque part, dans un journal, peut-être.

Elles commandèrent du thé puis se mirent à discuter à voix basse.

— Je sais que vous êtes étonnée de me voir, Edna.

— C'est une bonne surprise. Je n'ai jamais eu l'occasion de vous remercier autrement que par de simples lettres pour ce que vous avez fait pour Mr Murphy.

Julia, mal à l'aise, s'agita sur sa chaise à la recherche d'une position plus confortable.

— Justement, puisque vous en parlez... Je suppose que vous n'ignorez pas qu'il n'est plus en prison.

La vendeuse acquiesça.

— Savez-vous où il se trouve aujourd'hui ? lâcha d'une traite Julia.

Edna posa sa tasse dans sa soucoupe en dévisageant Lady Ashford. Cette dernière semblait si nerveuse.

— Il m'a écrit. Il est dans un camp d'entraînement, dans le nord du pays. Vous voulez l'adresse ? se risqua-t-elle.

Julia baissa le regard.

— Je ne sais pas, finit-elle par répondre dans un murmure.

Will et Lady Ashford... Edna n'avait jamais envisagé une telle possibilité, mais au fond, tout s'expliquait. Les courriers qu'il lui avait empruntés, le trouble de Lady Ashford quand elle était venue lui demander de l'aide. Oui, soudainement, tout prenait un sens.

Julia rougit violemment. Edna avait compris, elle la dévisageait avec une expression surprise.

— Je vais vous donner l'adresse, madame.

Elle se mit à farfouiller dans sa poche pour en tirer une enveloppe au papier bon marché.

— C'est la lettre que j'ai reçue.

Elle poussa le courrier vers Julia mais celle-ci n'osa pas y toucher.

— Il doit rejoindre un nouveau camp d'entraînement avant de partir pour la France dans trois jours. Ils ont une correspondance d'une demi-heure ici, à Londres. J'y serai avec sa famille, pour... lui dire au revoir.

Julia, au supplice, vint agripper d'une main tremblante le bout de papier sur lequel s'étalait l'écriture de Will.

— Je dois retourner travailler, vous devriez la lire, dit Edna en se levant.

Julia, toujours assise, se força à rencontrer le regard de son interlocutrice.

— Vous garderez tout cela pour vous, Edna ?

— Je vous le promets.

La jeune vendeuse était sur le point de s'en aller quand elle se ravisa :

— Ne le laissez pas partir sans qu'il sache. Je me trompe peut-être, mais j'ai dans l'idée qu'ils ont plus de chances de revenir s'ils savent que quelqu'un les attend.

Elle haussa les épaules en souriant puis sortit du café.

***

Mon amour,

Je suis arrivé sur le front belge depuis dix jours maintenant. On m'a envoyé sur place pour porter main-forte à leur état-major et je dois bien avouer que c'est un immense privilège que de servir aux côtés des troupes d'Albert Ier. Ce minuscule pays avec sa petite armée fait preuve d'une résistance incroyable face à la puissance de feu allemande. Le combat est inéquitable, l'issue inéluctable, mais ces quelques jours gagnés permettront à notre flotte d'avoir le répit nécessaire pour prendre le contrôle des mers. Notre ami commun, Winston Churchill, ne manquera certainement pas de faire tout ce qu'il faudra pour que l'Angleterre conserve son hégémonie sur les océans.

Les Allemands ont la rage au cœur, je dois concéder qu'ils me font peur. Emily, ma chérie, au moment où je t'écris ces mots, j'ai un affreux pressentiment. Cette guerre sera longue, laborieuse, destructrice.

Quand les Belges capituleront, ce qui ne manquera pas d'arriver, je ne sais pas encore où l'on m'affectera. En France peut-être, le privilège de manier parfaitement la langue de Molière, sans doute. Mais si, par bonheur, je pouvais rentrer pour quelques jours auprès de toi, mon amour, je te le demande, n'attendons pas. Épouse-moi. Épouse-moi sans tarder. Il me semble que le sol se dérobe sous nos pieds, nous précipitant vers un abîme dont nous ignorons encore la profondeur.

Je ne sais pas quand j'aurai l'occasion de t'écrire de nouveau. Ici, la situation arrive à son paroxysme, les Belges ne tiendront plus longtemps. Les hommes sont épuisés, ils sont en première ligne depuis le début puisqu'ils ne peuvent espérer aucune relève. Ils m'impressionnent.

Je revis ce moment devant la grille de Longfield. Cet instant magique où tu es apparue, mon amour, ta main tendue dans ma direction. Je n'ai pas osé y croire, espérer.

Je t'aime tant, Emily. Je t'en conjure, épouse-moi.

À toi pour toujours,

Archie.

Emily laissa tomber la lettre sur le dessus-de-lit fleuri. Une violente contraction dans la poitrine lui coupa la respiration. Archie était déjà au cœur des combats, il n'en avait rien dit, mais elle le connaissait. Officier anglais ou pas, si les Belges étaient épuisés, il s'était probablement porté volontaire pour tenir les lignes avec eux. Elle se leva pour ouvrir la fenêtre. L'air était chaud, moite, elle étouffait. Son pays était en guerre et l'amour de sa vie sur le front. Peut-être déjà mort. Elle frissonna. Tout ça pour quoi ? Pour les velléités meurtrières d'un vieil empereur sur le déclin ? Au fond, ce conflit n'avait aucun sens.

— Emily ?

Julia se tenait dans l'embrasure de la porte. Son regard vint se poser sur la lettre échouée sur le lit.

— Des nouvelles du major Marsden, devina-t-elle.

Emily, bouleversée, se retourna vers sa cousine.

— Il va bien, au moins ?

— Oui, pour le moment…

Un instant, Julia pensa que sa cousine allait se mettre à pleurer mais au contraire, elle se redressa et prit une longue inspiration. Julia s'approcha d'elle.

— J'ai besoin de ton conseil, Emily.

Son approbation aurait été un terme plus juste. Emily s'assit sur le fauteuil devant sa coiffeuse.

— Je t'écoute.

Julia hésita. Elle s'apprêtait à remettre son choix entre les mains de sa cousine. Décision quelque peu aléatoire, à y regarder de plus près.

— Julia ? Tu sais que tu peux tout me dire.

Julia avait les mains crispées sur un courrier qu'elle tenait contre sa jupe. Lentement, elle s'approcha d'Emily pour le lui donner.

Sans un mot, celle-ci prit connaissance du document.

— C'est aujourd'hui ?

— Oui, souffla Julia.

Emily leva les yeux vers sa cousine. Elle la trouva si fragile à cet instant. « Épouse-moi. » Les mots d'Archie résonnaient encore en elle. Comment aurait-elle pu demander à Julia de faire un sacrifice aussi grand alors qu'elle-même s'apprêtait à renier tous ses principes ?

— Qu'est-ce que tu attends ? Tu devrais déjà être prête.

Julia écarquilla les yeux, stupéfaite.

— Tu ne t'y opposes pas ?

— Comment pourrais-je faire une chose pareille ?

Elle avait tu sa visite à Will Murphy en prison. L'effet qu'il lui avait fait. Roturier ou pas, ce garçon aimait sa cousine comme personne d'autre au monde. Ils avaient bien droit à cet adieu. Parce qu'il apparut à Emily qu'il pouvait bien s'agir de cela.

— Je vais t'accompagner. Dépêche-toi, nous risquons de le manquer.

L'expression d'Emily était grave, empathique, empreinte de désolation. Elle savait. Archie avait été clair, cette guerre broierait des milliers d'âmes et parmi elles peut-être celles de Will Murphy et de sa cousine.

Elles firent le trajet dans la voiture d'Emily en silence.

L'accès au quai était difficile. Des centaines de personnes s'entassaient là. Des femmes pleuraient, d'autres riaient, braillaient au milieu de cette couleur kaki qui dorénavant leur serait si familière. La vapeur grise de la chaudière envahissait l'espace. Julia se tenait au milieu de cette marée humaine, tout de blanc vêtue. Sa robe de soie de grand couturier contrastait avec celles, plus simples, des autres femmes. On la dévisageait. Allongeant le cou, elle tentait d'y voir quelque chose quand elle sentit la main de sa cousine se poser sur son épaule. D'un signe du menton, elle lui désigna l'extrémité du quai. Emily avait reconnu Edna avant de s'apercevoir que Will Murphy, vêtu de son uniforme, se trouvait avec elle. Mais un coup de sifflet annonçait déjà le départ imminent du train.

— Dépêche-toi, il sera bientôt trop tard, l'encouragea Emily en la poussant légèrement dans la bonne direction.

Dans un bruissement d'étoffe froissée, Julia se fraya un passage au milieu de la foule. Un peu surpris de voir une si grande dame dans un tel capharnaüm, les gens s'écartaient en murmurant. Mais Julia ne s'aperçut de rien. Elle l'avait enfin vu. Depuis toutes ces années, il était là, à quelques mètres d'elle. Il lui sembla encore plus grand que dans son souvenir ; ou peut-être était-ce l'uniforme ? Ce visage, ce menton fin et délicat, ce nez si parfait. Son rythme cardiaque s'accéléra encore à mesure qu'elle se rapprochait.

Edna, sentant que quelque chose d'anormal se passait sur sa gauche, tourna la tête. Une sorte de haie silencieuse s'était formée pour laisser le passage à une vision étrange. Lady Ashford progressait dans leur direction, le regard rivé sur Will. On aurait dit un ange au beau milieu du purgatoire. Edna sourit. Elle était venue. Doucement, elle posa un doigt sur la joue de Will pour qu'il regarde sur sa droite.

Julia… Tout d'abord hébété, Will ne réagit pas. Il était incapable de détacher son regard de la forme évanescente qui se dirigeait vers lui. Tout détonnait dans cette scène. Elle. Les gens qui se bousculaient pour la regarder passer. Lui, figé comme un pantin dans son habit de guerre. Quand, involontairement, un appelé la heurta en faisant sauter son épingle à chapeau, Will se mit en mouvement. Fendant la foule sans la quitter des yeux, il se retrouva en un instant devant elle. Elle avait perdu son chapeau, et son chignon, exécuté à la va-vite, était en train de céder. Il l'enlaça pour que plus personne ne puisse l'atteindre. Elle agrippa sa veste et se laissa conduire à l'écart du tumulte.

Ils se contemplaient, étonnés qu'après tant d'années, leur complicité soit toujours autant une évidence.

— Tu as perdu ton chapeau, fit-il remarquer gauchement.

Elle éclata de rire en se serrant davantage contre lui.

— Je me fiche de ce chapeau.

— Mais qu'est-ce que tu fais ici ?

— Edna... Elle m'a dit que tu serais là. Je voulais te voir, il fallait que je te voie.

— Edna ? Je... je ne comprends pas, souffla Will.

Le sifflet implacable du chef de gare claqua à leurs tympans.

— Oh, seigneur ! Non, pas déjà, supplia Julia en s'accrochant de toutes ses forces à Will.

— En voiture ! hurla un employé des chemins de fer.

— Écoute-moi, Will, je sais maintenant que tu ne m'as jamais oubliée.

Will écarquilla les yeux.

— Moi ? T'oublier ? Comment as-tu pu penser une seule seconde que je t'avais oubliée, Julia ?

Il glissa sa main dans la poche intérieure de sa veste pour en sortir le mouchoir de leur enfance. Elle entrelaça ses doigts aux siens autour du tissu en le dévisageant, les larmes aux yeux.

— Pardonne-moi, Will. Pardonne-moi pour tout le mal que je t'ai fait...

— Non, non, non, ne dis pas ça, Julia. Je suis désolé que tu aies perdu ton mari. Je n'ai jamais rien voulu d'autre que ton bonheur.

— Allez Murphy, faut y aller, maintenant ! dit un officier en posant sa main sur l'épaule de Will.

— Juste une minute, capitaine.

Touché par le jeune couple, le capitaine Burke consentit à leur laisser quelques instants supplémentaires.

— Écoute-moi, je ne suis plus cette jeune fille obéissante que tu as connue. Désormais, je sais ce que je veux ! Ce que je n'ai jamais cessé de vouloir, déclara-t-elle en prenant le visage de Will entre ses mains.

— Ce que tu veux ? répéta-t-il. Je ne...

Il ne termina pas sa phrase : Julia, sur la pointe des pieds, avait posé ses lèvres sur les siennes. Ils s'embrassèrent jusqu'à ce que l'agitation autour d'eux se fasse encore plus pressante. S'arrachant à lui, elle continua :

— Je vais me battre pour toi, William Murphy ! Je vais me battre pour nous ! Tu comprends ?

Will colla son front contre le sien. Il craignait que son cœur ne s'arrête tant il avait espéré entendre un jour ces paroles.

— J'ai de l'argent, Julia, j'ai réussi, je vous offrirai tout ce dont vous avez besoin, à toi et à ton fils. Je l'aimerai comme le mien, je ferai ce qu'il faut pour que tu n'aies pas honte de moi. Je deviendrai quelqu'un de bien…

— La seule chose que je veux, c'est tu sois dans ma vie, l'arrêta Julia en posant un doigt sur sa bouche.

Ils se murmurèrent encore quelques paroles précipitées : qu'ils s'aimaient, qu'ils s'écriraient, qu'ils se retrouveraient, qu'elle serait là à son retour, quand une poigne puissante tira Will en arrière.

— Allez, Murphy, cette fois, c'est l'heure !

Ils résistèrent un court moment, puis la vague kaki emporta Will.

Sous le choc, Julia porta les mains à sa bouche pour s'empêcher de hurler. Dévastée et au bord de l'évanouissement, elle sentit une grande masse la prendre par les épaules. Nesto s'était précipité à son secours, Edna sur ses talons.

Julia reconnut la jeune femme et, dans une supplique, répéta encore le prénom de Will.

— Je sais, madame, c'était très courageux à vous d'être venue, dit-elle avant de s'adresser à son fiancé. Il faut la sortir de là !

Nesto et toute la famille Murphy dégagèrent un passage à Julia jusqu'à sa cousine qui l'attendait près de la sortie. Emily essuya en hâte une larme qu'elle avait au coin de l'œil pour accueillir sa cousine avec une accolade chaleureuse.

— Pardon, Emily, je crois bien que je me suis donnée en spectacle, sanglota Julia.

— Un baiser devant toute cette foule. En effet, c'était très audacieux, plaisanta Emily. Dire que je m'étais enfin décidée à rentrer dans le rang, il semble que ce soit ton tour d'en sortir…

Emily se retourna vers le clan Murphy, un chagrin immense au fond du cœur.

— J'espère que votre frère rentrera sain et sauf…

Elle hésita avant de continuer.

— Mon fiancé est déjà sur le front ; je crois que, d'une certaine manière, cela lie nos familles.

Julia leva un regard interrogateur vers sa cousine.

— Fiancé ?

— Oui, Julia, je vais épouser Archie.

Emily se détourna de Julia pour de nouveau s'adresser aux Murphy.

— Votre amie Edna connaît mon adresse, n'hésitez pas à venir me rendre visite. Et surtout, trouvez le moyen de m'informer de l'endroit où l'on affectera votre frère.

L'intention était à peine déguisée. Par le biais d'Archie, elle s'arrangerait pour que Will ait au moins une chance de s'en sortir.

— Messieurs.

Elle serra la main de chacun d'entre eux avec cette poigne assurée qui la caractérisait.

— Edna.

— Lady Allen, s'inclina la jeune femme.

— Allez, Julia, viens. On rentre.

Serrant sa cousine contre elle, Emily sortit de la gare en lançant un dernier regard en arrière, le cœur serré, consciente que plus rien ne serait jamais comme avant.

Le destin du monde était en marche, embarquant avec lui de gré ou de force le sort de millions de familles.

Remerciements

L'écriture de ce roman est intimement liée aux éditions Charleston. En 2013 je découvrais cette maison d'édition et son Prix du Livre Romantique auquel je participais sans succès. Fin 2014, je posais les premiers chapitres des *Rêves de nos mères* avec en ligne de mire une publication chez Charleston. Quelques années plus tard et le premier tome d'une série historique achevé entre les mains, je décidais de retenter l'aventure.

Si vous me demandiez si ce livre aurait vu le jour sans ce concours, je vous répondrais que sans doute pas...

Donc, je remercie en premier lieu les éditions Charleston qui, avec leur ligne éditoriale inédite en France et leur concours, ont servi de déclencheur pour que je me lance dans ce projet un peu fou.

Je remercie le jury du Prix du Livre Romantique 2020, auteurs, éditrices, libraires, journalistes, lectrices Charleston, ville de Cabourg... d'avoir permis à ce roman de se hisser sur la première marche du podium. Avec cette publication, vous avez fait de mon rêve une réalité.

Un spécial *thanks* au passage à la lumineuse et enthousiaste marraine de cette année, Anne-Gaëlle Huon.

J'ai une pensée toute spéciale pour Laurette, Odette et ma petite maman qui ont été les premières à me laisser entrevoir que *Les Rêves de nos mères* avait peut-être quelque chose de spécial.

Un grand merci à toutes les personnes qui ont œuvré à l'amélioration de cette histoire : toute l'équipe Charleston évidemment mais aussi à ma mystérieuse éditrice Manon M…

Enfin, merci à vous qui tenez entre vos mains cet ouvrage de l'illustre inconnue que je suis. Merci de laisser une chance à cette histoire de vivre au travers de vos lectures. J'espère qu'Emily, Julia, Will et tous les autres sauront vous toucher et vous embarquer avec eux dans cette parenthèse historique.

CE ROMAN A REMPORTÉ LE PRIX DU LIVRE ROMANTIQUE EN 2020 !

PRIX DU LIVRE ROMANTIQUE

Le Prix du Livre Romantique, c'est quoi ?

Décerné par un jury prestigieux composé d'auteurs, de blogueurs, de journalistes, mais aussi d'éditeurs et de la Ville de Cabourg, il récompense LA meilleure histoire romantique de l'année, après un appel à manuscrits ouvert à tous ! Une héroïne forte, fière, libre et une grande histoire romanesque en sont les ingrédients nécessaires !

Rejoignez-nous vite sur les réseaux sociaux pour en savoir plus, et pourquoi pas devenir le prochain auteur des éditions Charleston !

Rendez-vous sur

www.editionscharleston.fr/prix-livre-romantique

CE ROMAN VOUS A PLU ?

Découvrez les romans de Clarisse Sabard, lauréate du Prix du Livre Romantique 2015

512 pages – 8,90 €

560 pages – 8,90 €

528 pages – 8,90 €

Cet ouvrage est composé de matériaux issus de forêts gérées durablement certifiées PEFC™.
Le Programme de reconnaissance des certifications forestières (PEFC™) est le plus grand organisme mondial indépendant de contrôle pour une gestion durable des forêts. Pour en savoir plus, consultez le site www.pefc-france.org

Certifié PEFC
Ce produit est issu de forêts gérées durablement et de sources contrôlées.
PEFC
10-31-3068
pefc-france.org

Achevé d'imprimer en mars 2020
par CPI Bussière
À Saint-Amand-Montrond (18)
Dépôt légal : avril 2020
N° d'impression : 2050420
Imprimé en France